Le Portail du Temps

Le jeune roi

D0774618

Linda Roy

Le Portail du Temps

TOME IV

Le jeune roi

Les Éditions JKA

LE PORTAIL DU TEMPS – TOME IV – LE JEUNE ROI
Dépôts légaux :
Bibliothèque nationale du Québec
Bibliothèque nationale du Canada

Sauf à des fins de citation, toute reproduction, par quelque procédé que ce soit, est interdite sans l'autorisation écrite de l'éditeur.

Illustration de la couverture : Nicolas Quaderno
Photographie de la couverture : Karine Patry
Révision linguistique : Janick Couture

© Les Éditions JKA
Saint-Pie (Québec)
J0H 1W0 Canada

www.leseditionsjka.com
ISBN : 978-923672-24-3
Imprimé au Canada

*I*MPATIENT D'OBTENIR UNE RÉPONSE, Tail demanda à nouveau :

— Alors, dites-moi où se trouve Extarnabie.

Dès cet instant, Macmaster comprit qu'il ne pourrait éviter le sujet. Il était évident que Tail ne voulait pas parler, mais Macmaster tenait à savoir ce qui s'était passé. Les questions se multipliaient dans sa tête : « De quelle façon avait-il réussi ? Avait-il failli y perdre la vie ? » Autant de questions sans réponses.

Visiblement déçu, Macmaster répondit à Tail :

— Il est parti à Jothanisia voir le roi Jonathan.

— Ouf ! Je suis bien content... Je croyais que vous alliez m'annoncer qu'une personne l'avait enlevé.

— Non ! se hâta de répondre Macmaster.

— Dans ce cas, qu'avez-vous de si important à me dire ?

Macmaster se tourna vers Barnadine et lui dit :

— Tu aurais pu te retenir un peu... Tu ne crois pas, Barnadine ?

— Pourquoi veux-tu que je me retienne d'annoncer une bonne nouvelle ? Je ne te comprends pas, parfois...

Barnadine se retourna et alla s'asseoir, déçu de l'attitude de Macmaster envers sa bonne nouvelle. À peine s'était-il assis que Tail reprit :

— Une bonne nouvelle ? Alors, ça, j'en ai vraiment besoin...

D'un bond, Barnadine se leva.

— Tu vois, Macmaster, j'avais bien raison ! dit-il fièrement.

— Je te dis... Moi qui croyais que j'aurais droit à un récit de ton aventure, fit Macmaster, déçu, en regardant Tail.

Tail ne pouvait croire que Macmaster venait de comparer ce qui lui était arrivé à une simple aventure.

— Mon *aventure* ? Vous croyez vraiment que j'ai vécu une *aventure* ? Mais, je ne comprends pas... Vous n'avez vraiment rien vu ? Je ne comprends pas. Pourtant, vous possédez des pouvoirs surnaturels…

— Non, Tail. Il y a des limites à mes *pouvoirs surnaturels,* comme tu les appelles. Pardonne-moi… Je me suis mal exprimé. Je ne voulais pas dire une *aventure* comme une *simple aventure…* Je suis désolé…

Tail n'entendit pas ce que Macmaster lui disait. Il se remémora pendant un instant les moments où il avait demandé à ce dernier de venir à son aide, lesquels avaient tous été sans réponse.

— Je comprends, maintenant… dit-il en baissant la tête.

— Et que comprends-tu donc? demanda Macmaster, inquiet.

Barnadine n'aimait pas la tournure que prenait le discours. Tous avaient oublié sa bonne nouvelle.

— Pardonnez-moi de vous déranger, mais je croyais que tu étais intéressé par ma bonne nouvelle, Tail…

Macmaster ne trouvait pas plaisant que Barnadine s'obstine à vouloir dire sa bonne nouvelle. Il se retourna vers lui et le regarda d'un air très sérieux avant de lui demander :

7

— Barnadine, tu peux attendre une minute pour ta bonne nouvelle?

— Non, non… Laissez. Cela n'a plus d'importance maintenant. Dites-moi, quelle est votre bonne nouvelle?

Tail ne voulait plus parler de cette histoire, même s'il ne comprenait pas comment Macmaster pouvait croire qu'il avait vécu une *aventure* alors qu'il avait failli y perdre ses amis à plusieurs reprises. Et Joanya…

Heureux de pouvoir reprendre la conversation, Barnadine sortit Tail de ses pensées:

— Bien, le roi Jonathan croit qu'un deuxième manuscrit existe concernant l'Élu…

— Qui?

— Le roi Jonathan…

— Je ne le connais pas…? dit-il en interrogeant Macmaster du regard.

— Non, tu ne le connais pas, répondit ce dernier.

— Il vit à Jothanisia, reprit Barnadine.

— Je sais, vous m'avez déjà dit qu'Extarnabie était parti là-bas, mais je ne le connais pas. Et c'est tout? Il a trouvé un manuscrit et c'est cela, votre bonne nouvelle?

Barnadine n'en croyait pas ses oreilles. Il s'approcha très près de Tail afin qu'il puisse entendre correctement. Il était convaincu que Tail n'avait pas bien compris et reprit :

— Voyons, Tail, tu imagines ? Un deuxième manuscrit te concernant…

Tail regarda Barnadine de la même façon que ce dernier venait de le faire et lui répondit à nouveau :

— Mais ce n'est pas excitant, ça !

— Pas excitant ? Mais voyons ! Tu ne sais même pas ce qui se trouve à l'intérieur. Qui sait, peut-être qu'il y a des formules magiques pour toi… Peut-être même que ton avenir y est !

— Désolé, je ne trouve pas cela excitant et je ne veux pas connaître mon avenir. Vous savez, à Maléfia, j'ai perdu quelqu'un que je venais à peine de connaître…

Après avoir pris une grande respiration, Tail décida d'expliquer sa rencontre avec Joanya et la façon dont elle lui avait sauvé la vie.

— Elle était très spéciale pour moi, même si je venais à peine de la connaître.

Ainsi, Macmaster connut tous les détails du voyage et comprit pourquoi Tail lui avait dit auparavant qu'il comprenait. Macmaster n'avait jamais entendu ses appels de détresse. À la fin de son récit, la nuit était tombée.

— Donc, je ne veux pas connaître mon avenir. Je ne veux pas avoir le pouvoir de voir l'avenir… Non, merci ! Je ne veux pas savoir si à nouveau…

Il laissa sa phrase en suspens, ne pouvant poursuivre. Macmaster saisit la pensée de Tail. Il ne voulait pas savoir s'il perdrait à nouveau une amie…

— Je comprends, Tail, répondit Macmaster.

Barnadine qui, de son côté, ne voyait pas les choses de la même façon, reprit :

— Moi, oui ! Il y a plusieurs avantages à connaître son avenir…

— Barnadine, cela suffit, répliqua Macmaster.

— D'accord, d'accord. Si je ne peux pas…

Voyant que Barnadine était bien déçu que son excitation ne soit pas réciproque, Tail reprit :

— Sera-t-il absent bien longtemps ?

Mais Barnadine ne répondit pas. Il était un peu déçu de la réponse de Tail. Il préféra s'asseoir sans dire un mot.

— Je ne sais pas exactement. Le message que le roi Jonathan a fait parvenir à Extarnabie expliquait qu'il avait trouvé un document *laissant croire* qu'il existait un manuscrit… finit par dire Macmaster en regardant Barnadine.

— Et de quelle façon ce document a-t-il été trouvé ? Ce n'est certainement pas le roi qui l'a trouvé en faisant le ménage…

Macmaster regarda Tail. « Quelque chose a vraiment changé en lui », se dit-il. Jamais il ne l'avait entendu émettre une réponse de ce genre.

Barnadine regarda Tail d'une drôle de façon, car il était un peu surpris de la remarque que Tail avait faite et il décida de lui répondre :

— Voyons, Tail… Tu as de drôles de réponses ! Pour répondre à ta question, premièrement, le roi est décédé le mois passé et ce n'est pas lui, mais son fils, qui a fait la découverte de ce document. Et ce n'est pas en faisant le ménage qu'il a appris son existence, mais plutôt lorsqu'une personne est venue le voir au château et lui a demandé un certain document qui se trouvait dans les appartements du roi. Comme le jeune roi ne connaissait pas tous les documents du roi père, il a demandé à ses sages de l'y accompagner et c'est à ce moment que le jeune roi a fait la découverte.

Tail, mal à l'aise, ne savait plus quoi répondre.

Il était certain que ce manuscrit ne l'intéressait pas, mais ce n'était pas une raison pour répondre de cette façon à Barnadine, alors il s'excusa auprès de ce dernier.

— Je suis désolé. Vraiment… Quel âge avait le roi ? Et quel âge a le jeune roi ?

— Il était âgé de trente-sept ans, Tail ! Le jeune roi a fêté son seizième anniversaire de naissance au mois d'octobre.

— Vraiment ? Seulement seize ans et il est roi ? Je ne savais pas que l'on pouvait être roi à cet âge…

Macmaster se retourna vers Tail et lui dit avec un petit sourire :

— Tu sais, Tail, si je me rappelle bien… tu n'avais que douze ans quand tu es arrivé ici et tu étais l'Élu !

— Oui.

« Macmaster a bien raison, je n'avais que douze ans… Mais il y a une différence entre un petit chevalier et un roi ! » pensa Tail.

— Où se trouve Jothanisia ?

— Suis-moi.

Macmaster se leva et se rendit au fond de la pièce, près de la petite table ronde où se trouvaient plusieurs parchemins bien roulés. Macmaster prit l'un d'eux et avec son autre main dispersa tout ce qui se trouvait sur cette table afin de faire un peu de place avant de l'ouvrir. Après qu'il l'ait déroulé complètement, Tail put y distinguer Harpie d'un côté et de l'autre, Maléfia. On pouvait percevoir que Maléfia était suivie d'immenses montagnes et que plus loin se trouvait une immense plaine. Macmaster pointa la plaine et lui dit :

— Voici Jothanisia.

— Ouf! Cet endroit a vraiment l'air loin…

— Je dirais à une distance d'environ huit à dix jours avec une bonne monture…

— Dix jours! Ce n'est pas à la porte, dites donc…

— *Pas à la porte…?* reprit Barnadine en regardant vers la porte.

— C'est une expression, Barnadine! Cela veut dire que ce n'est pas près d'ici.

— Bizarre, comme expression… répondit Barnadine en se gratouillant la barbe.

— Ce n'est pas cela qui est bizarre… C'est tout ceci qui est bizarre! répondit Tail en indiquant l'endroit où il se trouvait.

Barnadine reprit :

— Aimerais-tu que je te parle de ce jeune roi, Tail?

— D'accord. Si cela vous dit.

13.

Loin de lui l'envie d'écouter Barnadine lui parler du jeune roi, mais voyant que ce dernier tenait à lui en parler, Tail ne put lui dire que cela ne l'intéressait guère. Ils retournèrent s'asseoir près du feu et Barnadine reprit :

— Le jeune roi n'a jamais eu un seul ami. Dès son tout jeune âge, il était déjà confiné au château pour sa sécurité. Donc, il n'a jamais pu en sortir. Tout se passait à l'intérieur.

— Vous voulez dire qu'il n'est jamais sorti du château ?

— Eh non ! Jamais…

Pendant un court instant, Tail se remémora l'époque de Barbouton. D'une certaine façon, il était, lui aussi, emprisonné dans son château. Disons que son château à lui ressemblait davantage à une prison. D'un côté, il pouvait en sortir la nuit, mais d'un autre, il ne voyait pas les gens de l'extérieur non plus.

« Je me demande bien si elle me cherche… Est-ce que le temps s'est arrêté là-bas ? Cela se peut bien… Et de cette façon, personne ne s'aperçoit que je ne suis plus là. Ai-je simplement disparu ? »

— Tail ! Tail !

Barnadine avait remarqué que Tail ne l'écoutait plus.

— Désolé, Barnadine…

— Tu étais parti très loin dans tes pensées… lui dit Macmaster.

— Hum… Oui. Je pensais à l'orphelinat…

Barnadine, ne voulant pas se faire interrompre une fois de plus dans son histoire, reprit immédiatement, sans même laisser Tail approfondir sa pensée.

— Oui, tu remarqueras que le jeune roi a beaucoup de points en commun avec toi.

— Ah oui? Comment ça?

— Bien, je crois que tu n'avais pas beaucoup d'amis avant ton arrivée ici, si je me rappelle… lui répondit Barnadine.

— Oui, vous avez raison.

— Je crois que d'une certaine façon, toi aussi, tu étais confiné à l'orphelinat…

— Oui, vous avez raison. Mais lui, il est un vrai roi, alors que moi…

Tail prit un moment avant de poursuivre.

— Vous, vous croyez que je suis l'Élu. Je suis d'accord que depuis le premier jour que je suis arrivé ici, j'ai eu… Non, plutôt… j'ai *vu* des choses très bizarres se produire. Je sais que j'ai eu des visions et je ne comprends pas comment cela a pu se produire. Et de plus, je ne comprends pas pourquoi, lorsque je prends cette épée, cette force s'empare de moi. Je ne comprends rien… Toutes ces choses qui se passent dans ma tête... Pourquoi moi? Vous savez, j'ai eu de la chance, vraiment de la chance, quand j'ai délivré les filles... Voyons… Quand je revois tout cela et tous ces chevaliers contre moi… Vous voyez bien que cela n'a pas de bon sens!

Tail se leva d'un bond, retroussa ses manches et reprit :

— Regardez-moi ce bras. Voyez-vous des muscles là-dedans?

Macmaster regarda Tail et lui dit :

— Je croyais que tu avais compris que tu étais l'Élu, Tail. Toutes ces prises de conscience, la transmission de pensées ainsi que…

Macmaster n'eut pas le temps de terminer que Tail reprit :

— Non, je ne peux toujours pas croire que je suis la personne que vous dites. Je suis d'accord que vous possédez de grands dons. Je le sais, j'ai vu mes parents. J'ai vu ce que vous pouviez faire, mais moi… je ne sais pas. Je ne sais plus... Tout cela s'est passé tellement vite que j'ai l'impression d'avoir rêvé. On dirait que cela fait deux semaines que je suis ici alors que cela fait maintenant plus de deux ans. Comment le temps a-t-il pu passer si vite?

En regardant Macmaster, Tail se remémora leur première rencontre. C'était à la suite de cette rencontre que sa vie avait totalement changé.

Voyant que plus personne ne parlait depuis quelques instants, Barnadine demanda doucement, sans offusquer personne, s'il pouvait poursuivre son histoire.

— Désolé… Oui, Barnadine. Poursuivez.

Plus Macmaster regardait Tail et plus il constatait qu'il y avait vraiment quelque chose de changé en lui. « Était-ce le fait qu'il avait vieilli ou bien était-ce dû à ce dernier voyage? Ou était-ce seulement que Tail prenait conscience du fait qu'il était différent malgré le fait qu'il cherchait malgré lui à le nier… »

Barnadine sortit Macmaster de ses pensées.

— Donc, je poursuis…

Barnadine ne prit aucune pause et parla ainsi sans arrêt de Jothanisia en louangeant le roi père et en leur disant à quel point ce dernier avait été bon avec les Jothanisiens.

Personne n'avait quitté la pièce de la soirée. À la salle à manger, voyant qu'ils ne s'étaient pas présentés au repas, la reine avait demandé à un garde de leur apporter leur repas aux appartements de Macmaster. Alexandra avait supplié sa mère d'apporter le repas de Tail, mais cette dernière avait refusé, lui expliquant que ces lieux étaient interdits à quiconque n'y était pas invité.

— Je ne comprends pas… avait-elle simplement répondu, attristée de ne pas voir Tail.

À l'autre bout du château, Barnadine était en plein récit. Il avait un don pour raconter les histoires. Assis près du grand foyer en pierre grise, ne voyant pas les heures filer, Tail l'écoutait attentivement. Il appréciait de plus en plus son récit, et apprendre toutes ces choses sur le roi père et sur le jeune roi lui plaisait bien en fin de compte. La nuit était bien avancée. Au bout de quelques heures, Macmaster interrompit Barnadine, car il racontait son histoire avec tant d'entrain qu'il aurait passé la nuit à parler de tout cela.

— Bien, je crois qu'il est temps maintenant d'aller se reposer…

— Déjà? répondit Tail.

— La nuit est maintenant bien avancée, Tail.

— Oui, vous avez bien raison, répondit-il.

Tail se leva et se dirigea vers la porte, mais juste avant de l'ouvrir, il se retourna.

— Vous racontez bien les histoires, Barnadine, vous savez.

Très fier du compliment, Barnadine lui fit un immense sourire.

— Merci, Tail.

— Bonne nuit, Macmaster! Et bonne nuit, Barnadine…

Sur ce, il quitta les appartements de ces derniers pour regagner les siens. Dans le château, tous dormaient à poings fermés. Tail fila sur la pointe des pieds pour ne réveiller personne. Arrivé à ses appartements, il s'allongea sur son lit immédiatement. Curpy le rejoignit.

« Explique-moi ce que veut dire tout cela. Pourquoi moi? Pourquoi ne puis-je être près de vous? Pourquoi, papa… Pourquoi ne puis-je avoir une enfance normale avec une maison dans laquelle je retrouverais mes parents? Je ne comprends pas. Vous avez seulement tenté de me sauver et vous en êtes punis. Je ne comprends pas. »

Tail s'endormit sur ces questionnements. Curpy était là à le regarder. Il aurait tellement aimé pouvoir lui répondre. Mais les dieux en avaient décidé autrement.

*D*ÉJÀ UN MOIS S'ÉTAIT ÉCOULÉ depuis la discussion sur le jeune roi de Jothanisia. Tail était en entraînement intense et lorsqu'il n'était pas avec Marcuse, il était avec Macmaster à étudier certaines potions. Mais quelque chose inquiétait davantage Tail. Extarnabie n'était toujours pas de retour.

Seize heures sonnèrent. Tail décida d'aller voir Macmaster pour avoir des nouvelles d'Extarnabie. Arrivé aux appartements des sages, il ouvrit la porte sans dire bonjour et demanda immédiatement :

— Vous n'avez pas reçu de nouvelles ?

À ces mots, Barnadine sursauta, laissa tomber le pot de poudre qu'il tenait dans ses mains et laissa sortir un cri de mort de sa bouche. Il se retourna vers Tail le visage recouvert de poudre blanche.

— Ne me fais plus jamais cela! Tu vas me faire mourir, Tail…

Mais Tail ne put se retenir, à voir le visage de Barnadine ainsi recouvert de poudre blanche.

— Ce n'est pas drôle!

À ce moment, Macmaster arriva à toute allure.

— Qu'as-tu à crier ainsi?

Mais en voyant Barnadine, il éclata à son tour.

— Hé! finit par dire Barnadine.

— Bonjour, Tail, dit Macmaster.

— Bonjour! Avez-vous des nouvelles d'Extarnabie?

— Non. Il est sûrement très occupé à ses recherches.

— Vous croyez? Cela ne lui ressemble pas…

— Ne sois pas inquiet. S'il lui était arrivé quelque chose, on serait venu me prévenir immédiatement.

— Mais s'il ne pouvait vous prévenir?

— Tail…

— D'accord. Je ne peux pas rester, car je dois retourner à mon entraînement, mais si vous avez des nouvelles, prévenez-moi, d'accord?

— Oui, Tail. Je te préviendrai.

Depuis son retour à la cour du château, Tail se

donnait corps et âme à son entraînement. Il voulait vraiment devenir un bon chevalier. Sous la tutelle de Marcuse, il progressait énormément. Marcuse aimait convoquer des duels amicaux entre les chevaliers et Tail. À chacun de ces duels, Marcuse était stupéfait de l'assurance que Tail avait acquise, vu son jeune âge. De son côté, Macmaster était lui aussi grandement surpris de la vitesse à laquelle Tail parvenait à apprendre. Il ne fallait pas oublier que le développement spirituel était la clé pour devenir un vrai chevalier, selon Macmaster. Malgré les quelques explosions attribuables à quelque mélange de poudre, il s'en sortait très bien.

Tail examina Curpy, qui était là à regarder Macmaster. « Que peut-il bien lui dire... » Après un instant, Tail l'appela :

— Curpy! Tu viens?

Et Tail disparut. Mais une chose en lui le dérangeait. Il ne pouvait s'arrêter de penser à Extarnabie. « Suis-je fou? Pourquoi ai-je cette sensation bizarre que quelque chose ne va pas avec Extarnabie... »

Il regarda Curpy. « J'aimerais tant que tu sois toi et que tu sois près de moi. » Naturellement, Tail parlait de son père à ce moment.

Lorsqu'il arriva à l'aire d'entraînement, ses amis s'approchèrent de lui et Cat fut la première à s'apercevoir que quelque chose n'allait pas.

— Bonjour, Tail! Bonjour, petit Curpy… Quelque chose ne va pas? demanda-t-elle. Tu as vraiment l'air soucieux…

— Oui, je m'inquiète pour Extarnabie. Personne n'a reçu de nouvelles de lui depuis plusieurs jours et cela n'a vraiment l'air d'inquiéter personne.

— Il est peut-être très occupé, lui répondit Vic.

— C'est ce que Macmaster m'a répondu.

— Bon, tu vois… lui dit-il.

Cat ne partageait pas la pensée de Vic. Elle connaissait Tail et elle sentait bien qu'il percevait quelque chose d'anormal. Mais pour ne pas l'inquiéter davantage, elle ne s'étendit pas sur le sujet.

Deux semaines passèrent, et toujours pas de nouvelles d'Extarnabie. Cette fois, Tail en avait assez. Il décida de pied ferme de se rendre aux appartements de Macmaster. Il fila à toute allure dans cette direction, mais à peine eut-il parcouru la moitié du tunnel qui y menait qu'il vit Macmaster venir à sa rencontre.

— Bonjour! Avez-vous des nouvelles? se hâta de demander Tail.

24

— Non.

— Voyons! Ce n'est pas normal...

— Je sais. Je vais de ce pas voir Marcuse afin que l'on envoie un messager à Jothanisia. Ainsi, on aura des nouvelles dès son retour. Je ne comprends pas qu'il ne nous en ait pas donné. Et si quelque chose lui était arrivé... Je devrais le ressentir, si Extarnabie avait un problème...

Tail regardait Macmaster sans dire un mot. « Je ne peux pas lui dire que moi, je le ressens! Non, voyons... Entre nous deux, si quelqu'un devait le ressentir, ce serait lui, pas moi... »

Tail entendit alors une voix intérieure :

« Tail, ne cherche pas à comprendre... Tu es l'Élu, peu importe ce que tu penses. Même si tu crois être trop jeune. Accepte-le et tu comprendras... »

— Chevalier Blanc... C'est bien toi? Je ne peux te voir, mais je suis certain que c'est toi.

« Oui, c'est bien moi. Tail, écoute-moi. Ne cherche pas à comprendre. Tu comprendras quand le moment sera venu. Aie confiance en toi. Regarde... En cet instant même, tu es le seul à m'entendre. Regarde... Macmaster ne peut entendre ma voix et ils en ont décidé ainsi. Je t'ai dit auparavant que tu étais différent. Il est certain que tu es très jeune, mais cela n'a aucun rapport avec l'âge, Tail. Tu as été choisi par les dieux pour être l'Élu. Ne cherche pas à comprendre pourquoi. Apprends à développer tes pouvoirs. Ne dis pas que tu ne veux pas connaître l'avenir. Tout ceci fait partie de ton cheminement. Oui, il y aura des moments plus pénibles que d'autres, mais la vie est faite ainsi. Tail, souviens-toi plutôt des beaux moments. Il y a une chose que j'aimerais, Tail. »

— Oui !

« Je ne veux plus te voir sans ta dague. Cette dague, tu dois la porter en tout temps, ainsi que l'épée. En aucun cas, tu ne devrais te déplacer sans elles. »

— D'accord, répondit-il simplement.

Ce furent les derniers mots que le chevalier lui adressa. Macmaster était là sans dire un mot. Il ne pouvait comprendre ce qui venait d'arriver, mais il avait senti son fils près de lui.

— Tail, à qui parlais-tu ?

— Vous m'avez entendu ? Je croyais que vous ne pouviez plus lire dans mes pensées…

— C'est le cas, mais j'ai eu la sensation…

Macmaster reprit ses sens et poursuivit :

— … que mon fils était près de moi.

— Oui. C'était le cas, mais…

À ces mots, Macmaster, ne voulant pas montrer

la peine qui l'habitait – cela faisait tellement longtemps qu'il n'avait pas vu son fils – se retourna d'un
coup et partit à grandes enjambées en direction de
Marcuse.

Suivant sa demande, un messager fut envoyé à
Jothanisia. Il ne restait plus qu'à attendre son retour.

*P*LUS DE QUATRE SEMAINES PASSÈRENT et le messager n'était toujours pas de retour. Au château, une inquiétude générale s'installa. Qu'advenait-il d'Extarnabie? Voyant que la situation ne s'améliorait pas, Marcuse convoqua ses chevaliers à une réunion dans la grande salle. À peine une heure plus tard, chacun y était installé. On parvenait à entendre les questionnements des chevaliers sur le messager Cartasy, qui n'était pas encore revenu et qui pourtant, était l'un des meilleurs messagers de la cour. Lorsque Marcuse apparut, un silence se fit. Seul le claquement de ses bottes se faisait entendre. Tous le saluèrent en silence. Après avoir salué chacun d'eux, Marcuse prit place.

— Bien… Il nous semble avoir un problème. Le fait que Cartasy ne soit toujours pas de retour

et l'absence de messages d'Extarnabie nous lais-
sent croire que quelque chose pourrait leur être
arrivé.

Un premier chevalier demanda la parole. À peine ouvrit-il la bouche que tous se retournèrent en sa
direction, espérant qu'il avait la réponse.

— Dis-moi, Marcuse, aurais-tu une idée de ce qui
aurait pu se passer ?

Mais Marcuse n'eut pas le temps de répondre
qu'un autre chevalier prit la parole.

— Nastary, crois-tu vraiment que nous serions assis
ici à nous questionner si Marcuse savait ce qui
s'est passé ? demanda-t-il.

— Tardicar ! fit Marcuse.

Au ton sur lequel Marcuse avait prononcé son
nom, Tardicar comprit qu'il n'avait pas du tout ap-
précié.

Nastary songea à la question qu'il avait posée. Il
était vrai qu'il n'avait pas pensé beaucoup avant de
parler. « Mais peut-être bien que Marcuse en a une
idée après tout... » se disait-il. Marcuse le sortit de ses
pensées en s'adressant à lui :

— Non. Pas le moins du monde, Nastary. C'est
pourquoi j'ai demandé à ce que cette réunion ait

lieu. Certains d'entre vous partiront en direction de Jothanisia afin de savoir ce qui se passe là-bas. Nastary, Casmarra, Datarcya et toi, Bastière, serez les premiers à quitter pour Jothanisia. Par la suite, vous emboîteront le pas Tardicar, Casmar, Milliar et Datorsya.

Marcuse expliqua les procédures à suivre. Après quelques instants, tous quittèrent la pièce. Tail, Vic et Cat firent de même, mais se dirigèrent vers les appartements de Tail.

— Pourquoi ne nous a-t-il pas choisis? demanda Cat.

— Je ne sais pas… lui répondit Tail.

— Peut-être est-ce nous qui devrons aller les chercher s'ils ne reviennent pas… répondit Vic.

— Je ne crois pas que ce soit la pensée de Marcuse, Vic… répliqua Cat.

— Je crois qu'elle a raison. Je crois qu'il croit que nous sommes trop jeunes pour cette aventure.

— Vous croyez qu'il a pensé cela? demanda Vic, un peu peiné que son frère ait eu une telle pensée.

— Voyons, Vic! Sinon, pourquoi ne pas nous avoir envoyés?

— Je ne sais pas, Cat. Mais je ne crois pas que mon frère ait pu penser ainsi.

— Alors, Vic, pourquoi ne pas aller le lui demander ? Demande-lui pourquoi c'est ce Nanastyty-
je-ne-sais-plus-trop-quoi qui…

Incapable de se retenir, Tail éclata de rire à voir
Cat ainsi s'emporter.

— Qu'est-ce qu'il y a de drôle ?

— Tu t'emportes pour rien, Cat. Crois-tu vraiment
que je vais rester ici à attendre que ces chevaliers
reviennent ? Non. Cela fait déjà trop longtemps
que j'attends le retour d'Extarnabie. Est-ce que
tu crois sérieusement que je vais me croiser les
bras ? En plus, cela me plaira sûrement de ren-
contrer…

— Qui ? demanda Vic.

— Ce jeune roi ! Pas vous ? demanda Tail.

Fin prête pour une nouvelle aventure, Cat affi-
cha de nouveau son sourire.

— Oui ! Quand partons-nous ? demanda-t-elle.

— Donnons-nous rendez-vous à l'aube, devant le
muret du château. Crois-tu, Vic, que tu pourrais
sortir les chevaux sans te faire prendre ?

— Pas de problème. Et si je me fais prendre, je dirai
que je suis matinal et que je vais faire une petite
promenade… Personne ne dira rien, car je vois

mal un chevalier aller voir Marcuse pour lui annoncer que son petit frère veut faire une promenade.

— De mon côté, je vais rendre visite à mes amis afin de nous concocter un petit quelque chose au cas où… ajouta Tail.

— Au cas où… quoi ? demanda Vic.

— Au cas où nous en aurions besoin, voyons ! rétorqua Cat.

— Vous croyez vraiment que nous allons avoir des ennuis ? demanda Vic.

— Bien non, Vic ! Tu sais bien que nous allons faire une petite promenade amicale… Mais que crois-tu ?

— D'accord ! lui répondit Vic sèchement.

Cat regarda Vic. Elle n'avait vraiment pas été sympa avec lui. Elle s'approcha de lui, mit un bras autour de ses épaules et lui dit :

— Je suis vraiment désolée… C'est que je suis tellement fâchée que Marcuse ne nous ait pas demandés.

— Oui, je trouve cela bien ennuyeux moi aussi. Mais comment feras-tu pour ne pas semer le doute dans l'esprit de Macmaster, Tail ?

— Je vais dire que je n'arrivais pas à dormir et que puisque vous dormiez, j'ai décidé de venir faire quelques expérimentations…

— Et tu crois qu'ils vont avaler cela ? demanda Vic.

— Tu sais qu'ils ne peuvent plus lire dans mes pensées… Alors, oui.

— Dites-moi… Quelqu'un a vu Alexandra dernièrement ? demanda Cat.

— Non. Je ne l'ai pas vue depuis bientôt une semaine, lui répondit Vic.

— Je ne l'ai pas vue, en fait, depuis quelques jours. Pourquoi ? Quelque chose t'inquiète à son sujet ? lui demanda Tail.

— Non… C'est qu'elle était toujours parmi nous depuis quelque temps et voilà que plus personne ne la voit…

— Elle est sûrement avec la reine, dit simplement Vic.

— Hum… Tu as certainement raison. Et si quelque chose lui était arrivé, on l'aurait appris, finit par conclure Cat.

— Donc, nous nous revoyons à l'aube. Bonne nuit, Vic ! Bonne nuit, Tail…

— Bonne nuit, Cat.

Tail partit en direction des appartements des sages afin de se concocter quelques potions.

Non loin de là, une petite personne avait espionné nos amis.

« Je le savais! Ils veulent partir à Jothanisia… Hum! Moi aussi, je veux y aller… Mais j'entends déjà leur réponse : *Voyons, Alexandra… Tu n'as que huit ans et demi!* Comme s'ils étaient beaucoup plus vieux que moi… Voyons! Tail n'a que quatorze ans et Cat a pratiquement le même âge. Et Vic ne fêtera son quatorzième anniversaire que dans un mois. Donc, vous n'êtes pas tellement plus vieux que moi, mes chers… »

Alexandra ne s'était pas aperçue qu'en parlant ainsi dans sa tête, tout son corps faisait les mouvements traduisant ses pensées. Un garde non loin d'elle ne put se retenir à la voir gémir ainsi. Insultée, elle fit demi-tour et quitta la pièce.

Arrivée à ses appartements, Alexandra alla immédiatement dire bonne nuit à sa mère, lui expliquant qu'elle était exténuée.

— Je vais maintenant aller dormir, si cela ne te dérange pas, maman.

— D'accord! Bonne nuit, ma petite princesse…

— Bonne nuit, maman…

Alors qu'Alexandra allait refermer la porte, elle regarda derrière elle et vit comme sa mère était belle avec ses longs cheveux soyeux. Isabella avait remarqué que sa fille était là, sans bouger, à la regarder sans dire un mot.

— As-tu oublié quelque chose, ma chérie?

— Non, je voulais te dire que je t'aimais.

— Moi aussi, je t'aime, ma chérie. Fais de beaux rêves…

Sur ce, Alexandra referma la porte derrière elle et se dirigea vers ses appartements afin d'y préparer ses bagages. Cette fois-ci, elle laisserait une note à sa mère lui demandant de ne pas s'inquiéter. Elle lui demanderait surtout de ne pas les rejoindre, de les laisser aller, et lui dirait qu'il n'y avait aucun danger, car elle avait vieilli.

Quelques minutes plus tard, Marcuse avait rejoint Isabella à ses appartements et lui expliquait en quelques mots la décision qu'il avait prise.

— Tu sais bien qu'ils ne resteront pas ici à ne rien faire… Crois-tu qu'ils ne partiront pas à sa recherche? lui répondit-elle immédiatement.

— Oui, je sais qu'ils partiront. Je n'en ai aucun doute.

— Alors, pourquoi ne pas les avoir désignés?

— Si j'avais désigné Tail, Vic et Cat, ils auraient été
enchantés et je ne crois pas qu'ils auraient utilisé
leurs capacités comme ils le feront maintenant.

— Pourquoi?

— Bien, ils pensent que je les crois trop jeunes pour
accomplir cette mission. Afin de me démontrer
qu'ils en ont la capacité, ils seront deux fois plus
prudents.

— Tu as une drôle de façon de penser, je trouve,
mon cher…

Isabella se mit à penser à sa fille et s'exclama soudain :

— Non!!!

— Quoi?

— Dis-moi qu'Alexandra ne les suivra pas!

— Ne sois pas inquiète… J'ai posté un garde à sa
porte pour la nuit, lui assura Marcuse.

— Là, tu me rassures…

— Alexandra est ma fille, n'oublie pas… Et je com-
mence à bien la connaître!

— Oui, tu as bien raison. Elle tient de toi ce côté
aventurier.

Isabella regarda tendrement son bien-aimé et reprit :

— Marcuse, elle est tellement jeune…

— Ne sois pas inquiète. Elle sera près de toi à ton réveil.

Mais Marcuse avait-il vraiment pensé à tout ?

À L'AUTRE BOUT DU CHÂTEAU, Barnadine s'amusait comme un fou à expérimenter des potions, accompagné de Tail. Naturellement, Tail avait tout prévu pour divertir Barnadine afin de pouvoir subtiliser quelques petits pots de potion. Tail savait qu'il serait plus facile de divertir Barnadine que Macmaster. Lorsqu'il était arrivé aux appartements de Macmaster, il lui avait dit qu'il ne pourrait lui tenir compagnie. Imaginez un instant la joie de Tail...

— Tu vois, tu ajoutes une petite pincée de feuilles de laurier broyées et voilà, le tour est joué!

— Êtes-vous certain de cela? Je vois plutôt qu'il est inscrit une feuille de…

Tail n'eut pas le temps de terminer sa phrase et de retirer la poudre qui s'était glissée sur le gros manuscrit afin de vérifier l'exactitude du mot qu'on entendit… Boum!!!

— Barnadine! s'écria Macmaster.

Arrivé sur les lieux, Macmaster ne put se retenir de rire à la vue de leur visage et de leurs cheveux recouverts de pâte verte. On aurait dit qu'ils étaient en état de choc.

— Bien, ce n'était peut-être pas une pincée de feuilles de laurier… finit par dire Tail.

Tous se mirent à rire en chœur…

ÈS L'AUBE, ALEXANDRA S'ÉVEILLA sans faire de bruit et sur la pointe des pieds, elle se dirigea vers la porte.

« Qu'est-ce que c'est que ce bruit ? »

Doucement, elle appuya la tête contre la porte et elle entendit un ronflement. À cet instant, elle comprit qu'un garde y était posté.

« Non… Ils n'ont tout de même pas osé ! Ce n'est pas vrai… »

Après un instant de panique, Alexandra reprit ses petits esprits.

« Vous n'avez pas pensé très fort, chers parents… Eh oui ! Je crois bien que vous avez oublié un petit détail… »

Elle s'avança près de la cheminée qui se trouvait tout près d'elle, où se trouvait une petite porte dissimulée dans le mur, celle qui lui avait permis de s'enfuir lorsqu'elle avait été tenue captive par Calsalme quelques années plus tôt. Comment Marcuse avait-il pu oublier ce détail? En un tour de main, elle avait disparu.

CAT ET TAIL ÉTAIENT DÉJÀ à leur point de rencontre, devant le château, où ils attendaient Vic. À peine quelques minutes plus tard, ils entendirent des bruits de sabots qui s'approchaient. La tête haute, Vic avançait tranquillement, fier d'avoir réussi. Arrivé près d'eux, il chuchota quelque chose, mais subitement il s'arrêta. Un bruit attira leur attention. Ils entendaient un autre bruit de sabots.

— Vite, derrière les arbres! Quelqu'un approche... leur dit Tail en se cachant.

Cat et Vic firent de même, tentant de voir qui s'avançait à l'horizon.

— Quelqu'un t'a suivi, Vic? lui demanda Cat.

— Non, je te jure. Il n'y avait personne à l'écurie.

— Regarde… Nous voyons maintenant son ombre approcher. Il se dirige vers nous, lui fit remarquer Cat.

— Mon Dieu! Regardez comme il est grand… leur dit Vic en regardant l'ampleur de l'ombre.

— Calme-toi! Cela ne peut être qu'un garde, lui dit Cat.

— Mais attendez un peu… Regardez cela… Plus cette ombre avance et plus elle rétrécit… Non! Non! Non!

Cat venait de comprendre à qui appartenait… et se leva d'un bond.

— Mais que fais-tu, Cat? Cache-toi… lui chuchota Vic.

Mais Cat avait deviné à qui appartenait cette ombre et s'avançait vers la monture.

— Reste ici… Nous allons nous faire prendre! Cat, reviens! la supplia Vic.

Elle ne s'arrêta pas. Tail avait lui aussi deviné qui était ce cavalier…

— Arrêtez, tous les deux… continuait de demander Vic.

Ils virent cette petite écuyère armée jusqu'aux dents.

— Alexandra! Que fais-tu là?

Déçue de la réaction de ses amis, elle baissa doucement la tête et leur répondit :

— Je veux aller avec vous.

Vic reconnut immédiatement la voix d'Alexandra et sortit de sa cachette pour aller les rejoindre.

— Non, non et non! fit Vic.

— Et pourquoi, non? Ne dites surtout pas que je suis trop jeune.

— Non, Alexandra. Tu ne peux pas nous accompagner. Nous ne savons pas ce qui nous attend.

— Mais vous n'avez pas le choix! J'y vais, un point c'est tout.

— Oui, nous avons le choix. Et tu ne viens pas! C'est beaucoup trop dangereux pour toi et jamais Marcuse ne me le pardonnerait s'il t'arrivait quelque chose, lui répéta Vic avec insistance.

— Arrêtez, tous les deux! demanda Cat.

— Quoi? Tu sais très bien que j'ai raison, Cat!

— Je sais, Vic, lui répondit-elle.

— Alexandra… Pourquoi désires-tu venir avec nous? lui demanda Tail.

— Bien, je veux être avec vous. J'ai toujours été avec vous…

— Mais ce n'était pas parce que nous le désirions! fit Vic.

45

— Non… Tu ne recommenceras pas, Vic. Tail…
Alors, que fait-on maintenant ? demanda Cat.

— Elle est là, alors aussi bien qu'elle nous accompagne. Allez ! Nous avons assez perdu de temps. Il
faut filer maintenant, avant que quelqu'un nous
voie.

Alexandra se tourna vers Vic et lui fit une de ses
plus belles grimaces.

— Marcuse nous tuera, vous savez…

— Oui, Vic. Je sais. Mais si elle retourne au château,
jamais on ne pourra aller à Jothanisia, répondit
Tail.

Tour à tour, ils enfourchèrent leur monture et
disparurent lentement.

*T*OUS AVANÇAIENT TRANQUILLEMENT. Le jour était maintenant levé. Cela faisait déjà plusieurs heures qu'ils avaient quitté le château. Tail ne pouvait s'empêcher de penser à Marcuse ainsi qu'à la reine. Comment allaient-ils réagir? Une fois de plus, leur petite fille les avait quittés et encore une fois, elle s'aventurait dans l'inconnu. Tail ne pouvait s'empêcher d'imaginer la réaction de la reine au moment où elle apprendrait l'absence d'Alexandra. Comment avait-il pu accepter qu'elle les accompagne? Mais d'un autre côté, il devait se rendre à Jothanisia. Au même instant, une autre pensée traversa son esprit. Macmaster... Comment avait-il pu quitter le château sans même lui dire au revoir?

« Je suis désolé, mais je devais le faire, vous savez… » pensa-t-il en espérant que celui-ci capte sa pensée.

Tail regarda derrière lui comme s'il avait pu voir le château, mais il y avait déjà longtemps qu'il n'était plus à leur portée.

— Tail! Allô! Tail…

Vic sortit Tail de ses pensées.

— Pardon, Vic. Tu disais…

— Pourquoi ne pas être passés par la forêt maléfique? Pourtant, il n'y a plus de danger à passer par cette forêt! Je ne comprends pas ce que l'on fait ici.

— Il est certain que nous aurions pu passer par cette forêt, mais c'est par cet endroit qu'ils commenceront les recherches, car il est évident que lorsque Marcuse prendra conscience que…

Il regarda en direction d'Alexandra.

— … qu'elle n'y est pas, il partira immédiatement à notre recherche.

— Merci! Ce que tu me dis, c'est que si elle n'était pas venue, jamais il ne serait venu nous chercher… Et moi…

Vic ne parvint pas à poursuivre. Il ne pouvait

pas imaginer que Marcuse ne se serait pas déplacé pour lui.

Cat perçut la pensée de Vic et reprit :

— Oui, car Marcuse sait très bien que toi, tu seras en mesure de te défendre, mais Alexandra est si jeune…

— Allô! Excusez-moi… Je suis là! Et je ne suis pas petite…

Tail s'approcha d'Alexandra et lui chuchota dans le creux de l'oreille :

— Alexandra, je crois bien que Vic a de la peine, car il est fort probable que Marcuse ne se serait pas déplacé pour lui, mais que pour toi, il le fera…

Une petite lumière s'alluma à ces mots.

— Oh!

Elle regarda Vic et lui dit :

— Elle a raison, tu sais, oncle Vic. Tu es beaucoup plus vieux que moi et tu as beaucoup plus d'expérience.

Vic fut énormément flatté par ce que lui dit Alexandra. Il était convaincu qu'au fond, elle disait vrai.

« Après tout, j'ai gravi tous les degrés de l'éducation qui visaient à faire de moi un chevalier. Hum… À l'exception près, je me rappelle… que je n'ai jamais été écuyer d'un chevalier, et j'en suis fort heureux. Je suis un chevalier. Je me souviens de mon serment. Je dois combattre pour le droit à la justice, être brave, généreux, protéger les clercs, les femmes, les faibles, les pauvres et faire preuve de chasteté, d'humilité et d'obéissance. Oui. Je suis un chevalier. »

— Ouais… Tu as bien raison, Tail! C'est beaucoup plus prudent de ne pas passer par la forêt. Mais cela sera plus long. Est-ce que tu sais combien de temps de plus cela prendra?

— Vic, je ne suis jamais allé à Jothanisia, alors il est un peu difficile de te répondre…

— Pas fort comme question! répliqua Cat.

— Hein, hein… Je pensais que Macmaster lui en aurait peut-être parlé…

— Je te taquinais, Vic…

— Je ne sais pas pourquoi, mais j'ai un petit doute là-dessus, ma chère Cat.

Tail avait vu juste. Lors de son réveil, Marcuse fut surpris que sa petite fille chérie ne se soit pas précipitée dans leur chambre comme elle le faisait maintenant chaque matin. Isabella s'éveilla au même moment.

— Marcuse… dit-elle d'une voix endormie.

— Oui… lui répondit-il en la regardant.

— Alexandra. Elle n'est pas venue ce matin…

— Oui… Je vais aller voir si elle va bien, lui répondit-il en se dirigeant vers la porte.

Mais Isabella l'arrêta.

— Dis-moi qu'elle n'est pas partie…

— Non, impossible. J'ai fait poster un garde devant sa porte.

— Oui, tu as raison. Hier, elle n'avait pas l'air bien. Elle m'a souhaité bonne nuit très tôt…

Marcuse la regarda avec un sourire et lui répondit :

— Ne sois pas inquiète. Je reviens avec ta petite princesse.

Sur ce, Marcuse disparut en refermant la porte. Mais la reine avait un doute. Elle se leva et enfila ses vêtements sans que ses dames aient le temps de s'apercevoir qu'elle était éveillée.

Marcuse était devant le garde endormi qui se tenait devant la porte de la chambre d'Alexandra. D'un mouvement brusque, il claqua des mains. Ce dernier sursauta et du coup, aperçut Marcuse qui se tenait devant lui. Une multitude d'excuses sortirent de sa bouche.

Marcuse lui demanda de s'écarter et ouvrit la porte.

— Alexandra, ma chérie!

Marcuse s'approcha du petit lit, confiant qu'elle y était sagement endormie. Alexandra avait pris soin de placer suffisamment d'oreillers pour qu'il puisse imaginer qu'elle y était. Doucement, il prit place près d'elle afin de la réveiller, mais au contact de l'oreiller, il comprit qu'elle n'y était plus et du coup, il se mit à crier :

— Qu'on prépare ma monture!

Isabella, qui était dans la pièce d'à côté, entendit Marcuse qui donnait plusieurs ordres au chevalier qui se tenait là. Elle ouvrit la porte et lorsqu'elle vit Marcuse, elle comprit qu'Alexandra n'y était plus.

— Tu m'as dit qu'il n'y avait pas de danger… que tu avais tout planifié…

Isabella éclata en pleurs. Marcuse s'en approcha.

— Je te promets que je vais la retrouver. Et il disparut.

*P*ENDANT CE TEMPS, CAT TENTAIT DE divertir Vic.

— Alors, Vic, comment vont tes amours avec ta petite dulcinée?

— Ouf! Je crois que je suis encore trop jeune pour cela…

— Vraiment? Ce n'est pas l'impression que tu donnais la dernière fois que je t'ai vu en sa compagnie… lui dit Alexandra.

Tail remarqua un malaise dans le regard de son ami. Il décida de détourner la conversation. Ainsi, ils se mirent à parler du jeune roi tout en longeant la forêt maléfique. À la tombée de la nuit, le ciel se recouvrit de millions d'étoiles. La lune éclairait leur passage comme si elle les guidait, mais doucement, un vent se leva, qui fit valser les branches d'immenses chênes. Au bout de quelques instants, un sifflement bizarre se fit entendre. Vic fut le premier à émettre son malaise.

— Je n'aime pas vraiment ce sifflement…

— Moi, non plus! Tu es drôlement silencieux, Tail. Quelque chose ne va pas? lui demanda Alexandra.

Tail ne parvenait pas à expliquer ce qui se passait en lui. Cette sensation de malaise en lien avec Extarnabie ne faisait que s'agrandir. Mais il n'eut pas le temps de répondre qu'un énorme bruit se fit entendre. Cruchhhhhhhh…

— Qu'est-ce que c'était que ça? demanda Vic.

— Chut! lui dit Cat.

Tous s'immobilisèrent et regardèrent autour d'eux, mais plus rien. Le vent avait même cessé.

— Mais!!!

Vic regarda tout autour.

— Fais attention! Tu vas tomber, lui fit remarquer Alexandra, voyant Vic se balancer de tous côtés pour tenter d'apercevoir quelque chose.

Personne n'eut le temps de répondre qu'un vent fort se fit sentir. D'énormes nuages recouvrirent le ciel clair, les étoiles disparurent une à une, les arbres se mirent à se balancer de tous côtés, ayant peine à se retenir pour ne pas être déracinés. Tail, Cat, Vic et Alexandra descendirent de leur monture et s'agrippèrent après les arbres en tentant d'éviter les branches qui passaient près d'eux, mais certaines d'entre elles les éraflèrent.

— Ouch! Ouch! s'écria Alexandra.

Mais qu'est-ce qui se passe? Nous allons partir au vent... Curpy! Tail! s'écria Cat.

Curpy était sur le point de s'envoler de toutes ses forces. Il tenta de s'agripper au sac de Tail, mais les bourrasques étaient tellement violentes que son minuscule corps volait au vent. D'une main, Tail l'agrippa et l'installa de nouveau dans son sac. Curpy regarda Tail avec ses petits yeux, le remerciant de l'avoir sauvé...

Le ciel s'assombrit immédiatement. Une énorme masse se forma, dans laquelle une sorte de gigantesque personnage apparut. On aurait cru y voir un dieu... On pouvait y distinguer un visage. Il avait des traits très forts, une chevelure longue ainsi qu'une grande barbe. Rien ne pouvait laisser croire qu'il pouvait déjà y avoir eu un sourire sur ce visage.

— Retournez d'où vous venez!!! s'écria une énorme voix rauque.

— Partons! Partons! s'écria Vic, pris de panique.

— Partez d'ici! reprit cette *chose*.

N'appréciant guère que personne n'ait encore bougé, la colère le gagna. Il accompagna ses paroles de coups de tonnerre suivis d'énormes éclairs.

— Tail, partons! s'écria Vic.

Stupéfait de voir cette *chose* qu'il croyait être un dieu, Tail restait là sans dire un mot.

Insulté que personne n'ait bougé, la *chose* prit une grande respiration pour ensuite souffler des vents contraires qui se déchaînèrent dans tous les sens avec une telle force qu'ils en firent tomber les arbres qui les entouraient. Pris de panique, les chevaux partirent en furie.

— Mais que va-t-on faire? cria Alexandra.

— Tail! s'écria Cat à son tour.

« Je suis l'Élu. Je suis l'Élu. Trouve une solution. Trouve une solution… Je n'en trouve pas. Je… » Tail ne comprenait pas ce qui se passait. Mais que voulait cette *chose*? Pourquoi n'arrivait-il pas à trouver une solution?

Le vent soufflait de plus en plus fort. Alexandra lâcha prise et partit comme une feuille au vent à des centaines de mètres d'eux. Tail lâcha prise à son tour et partit en direction d'Alexandra. Cat et Vic les suivirent…

— Alexandra! Alexandra! hurla Cat dans ce vent effroyable.

Le vent était tellement violent qu'il était rendu impossible d'entendre la voix d'Alexandra. Des minutes qui leur parurent une éternité passèrent et ils n'arrivaient toujours pas à la retrouver. Des branches d'arbres cassées par le vent les fouettaient. N'en pouvant plus, Tail s'arrêta et se retourna. Vic, qui avait vu Tail se retourner, comprit son intention.

— Non, Tail… Il va se fâcher deux fois plus! Non! lui cria Vic, déjà mort de trouille.

Mais Tail ne l'écouta pas. Il se tourna vers cette *chose* et lui dit :

— Qui es-tu? Et que veux-tu?

— Tiens, tiens… Tu veux me parler maintenant?

— Mais qui crois-tu que tu es! Tu as blessé Alexandra et je ne la retrouve plus! Pourquoi? Elle est si petite…

La *chose* regarda un court instant dans la direction où Alexandra avait disparu. On aurait presque cru qu'il regrettait son geste. Mais il releva la tête et avec sa grosse voix, il répondit à Tail :

— Tu es sur mon territoire. Personne n'a le droit de passer sur mon territoire !

Tail le regarda droit dans les yeux, lui laissant voir sa colère, et lui dit :

— Mais nous ne savions pas… Pourquoi faire tout cela ? Il aurait été plus simple de nous demander de partir…

— Mais je l'ai fait !

Il était vrai qu'il leur avait demandé de partir, mais ils n'avaient eu que quelques secondes pour obéir à sa demande…

La *chose* le regarda pendant un instant sans dire un mot et reprit :

— Qui es-tu ?

— Je m'appelle Tail.

— Tu es courageux de me parler ainsi. Est-ce que tu sais qui je suis ?

— Non, pas vraiment… Je n'ai jamais vu une *chose* comme vous.

— Une CHOSE comme moi ?

À ces mots, un énorme coup de tonnerre se fit entendre. Tail venait de comprendre que cette *chose*, comme il l'avait si bien appelée, n'avait pas aimé se faire appeler ainsi.

Tail reprit d'une voix plus douce afin de le calmer :

— Oui… Je ne peux pas vous donner de nom, je ne sais pas ce que vous êtes…

Après un silence, la *chose* reprit d'une voix forte :

— Ce que je suis… ? Je suis le dieu des Vents !

— Le dieu des Vents ? Il ne manquait plus que cela… un dieu, maintenant.

Le dieu n'apprécia pas la réponse de Tail et souffla un grand coup. Tail fut propulsé sur le sol.

— Désolé… Je ne voulais pas dire cela, dit-il en se relevant et en retirant les branchages qui l'avaient recouvert.

— Mais tu l'as dit !

— Je m'en excuse, je vous ai dit…

— D'où viens-tu ?

Le vent s'estompait doucement. Tail comprit que le dieu commençait à se calmer.

— Je viens de Harpie.

— De Harpie ?

— Oui. J'habite au château.

— Au château ?

— Oui, au château. On dirait que vous connaissez cet endroit…

— Oui, je connais Harpie. D'ailleurs, j'ai un grand ami qui y habite.

— Quel est son nom?

— Il s'appelle Macmaster.

— Macmaster?

— Oui. Tu le connais, petit?

— Certainement! Macmaster m'a pris sous son aile. Il est de ma famille.

— Pardon?

— Il est de ma famille.

— Tu es le fils de qui?

— Tyfson.

— Tu es le fils de Tyfson? Mais comment, diable, a-t-il pu ne pas t'avertir de ne jamais passer ici…

Tail lui confia que personne ne savait qu'ils se trouvaient là et qu'ils empruntaient ce chemin parce qu'ils savaient qu'ainsi, personne ne les retrouve-rait, car tous se dirigeraient vers la forêt maléfique et ainsi, ils pourraient se rendre à Jothanisia afin de retrouver Extarnabie.

— Tu sais que s'il me demande si je vous ai vus, je ne pourrai lui mentir…

— Je ne crois pas qu'il vous le demandera mainte-nant, car comme je vous l'ai dit, ils croiront que nous sommes à Maléfia.

— Je n'aime pas vraiment cela…

Alexandra, Cat et Vic avaient rejoint Tail, voyant que le temps s'était calmé. Alexandra, furieuse, les deux mains appuyées sur ses hanches, regardait le dieu d'un air accusateur.

— Vous m'avez presque tuée…

Le dieu se baissa doucement afin de ne pas effrayer la petite Alexandra et lui expliqua qu'il en était grandement désolé, qu'il était le protecteur de cette région afin que personne ne puisse se rendre à Harpie par ce sentier.

— Mais vous devriez connaître les personnes que vous protégez… lui répondit Alexandra.

— Petite… Crois-tu que j'aurais pu croire un instant qu'ils vous auraient laissés passer ici sans m'en aviser? Et je ne suis pas un voyant, dit-il en se relevant, mais le dieu des Vents…

— Je ne suis pas petite. Et je croyais que ce n'était qu'une légende, le dieu des Vents… finit par dire Alexandra.

— Une légende? Je ne suis pas une légende! Et d'ailleurs, comment se fait-il que Macmaster ne m'ait pas avisé, lui qui voit tout?

— Il ne pouvait pas savoir, Tail bloquait ses pensées, répondit fièrement Vic en replaçant ses lunettes.

— Maintenant, nous avons l'air très fin… Nous avons des jours de marche à faire, car nos chevaux sont partis en furie, fit remarquer Cat.

— Hum… Nous allons les retrouver. Je crois bien que je vous dois cela…

Le dieu leur présenta sa main et leur demanda de s'installer à l'intérieur. Il y eut un grand moment d'hésitation.

— Hum! Je ne suis pas vraiment sûr… chuchota Vic.

— Il n'y a pas de danger, petit.

— Petit? Hé! Je suis un chevalier, pas un petit!

— Oui, j'ai été stupéfait par ta bravoure tantôt… lui répondit le dieu.

À ces mots, Cat éclata de rire.

— Hé! Qu'est-ce qu'il y a de drôle là-dedans? demanda Vic, offusqué.

— Rien, rien… répondit Cat.

— Oui, oui… marmonna Vic.

L'un après l'autre, ils s'installèrent dans le creux de la main du dieu et doucement, il les souleva.

— Je ne peux malheureusement pas vous conduire à Jothanisia, car je suis confiné ici. Je ne peux que vous conduire jusqu'à l'autre extrémité. Après cela, je ne peux plus rien pour vous.

— Confiné? demanda Tail.

— C'est une longue histoire…

— Hi! J'ai l'impression d'être sur un nuage volant.
Vous êtes tout moelleux, lui dit Alexandra.

— Ouais… Moelleux. Il a le cerveau moelleux
aussi… chuchota Vic à Cat.

— Chut, Vic!

De là-haut, la vue était splendide. Les arbres res-
semblaient à de petites épingles. Doucement, le dieu
avançait. Une heure plus tard, ils étaient déjà arrivés. Délicatement, le dieu les redescendit afin qu'ils
puissent poursuivre leur chemin.

— Merci! fit Tail en descendant.

Le dieu fit un mouvement de la tête en signe de
reconnaissance et répondit :

— Soyez prudent!

Puis il disparut.

— Merci! lui dit Vic.

— Qu'est-ce qu'il y a, Vic? demanda Tail.

— Bien… Nous sommes à pied!

— Oui, et alors? As-tu remarqué la distance qu'il
nous a fait épargner? S'il avait voulu, jamais il
ne nous aurait conduits jusqu'ici.

— La distance qu'il nous a fait épargner? S'il n'avait
pas paniqué, on n'en serait pas là!

— Je sais, Vic, mais nous en sommes là maintenant et nous devons poursuivre.

— D'accord. Mais comment as-tu fait pour rester si calme devant ce dieu? demanda Vic en faisant virevolter les feuilles au sol.

— Je ne sais pas... J'étais en colère pour ce qu'il avait fait à Alexandra et en plus, je suis préoccupé par Extarnabie. Il y a quelque chose en moi qui me dit que rien ne va là-bas.

— Vraiment? Ce « quelque-chose-qui-te-dit-que », ce serait quoi, par hasard? lui demanda Vic.

— Je ne sais pas. Je ne sais même pas s'il lui est vraiment arrivé quelque chose... Tu sais, je me trompe peut-être. Bon, nous devons repartir maintenant. La nuit va tomber et nous devons nous trouver un abri.

Près d'une heure passa avant qu'ils trouvent un endroit où établir leur campement.

— Là, près du grand chêne, ce sera l'endroit idéal, leur dit Cat en l'indiquant.

— Oui, parfait! répondit Tail. Vic, te serait-il possible de nous préparer un feu? Moi, je vais chasser pour que nous ayons quelque chose à manger. Il doit y avoir des lièvres tout près, j'ai vu un terrier par là-bas… ajouta-t-il en leur indiquant un endroit non loin d'eux.

— Je t'accompagne, Tail, lui dit Cat.

— D'accord. Alexandra, est-ce que tu pourras aider Vic à nous préparer un feu?

— Oui. D'accord, répondit-elle.

Cat et Tail disparurent alors dans les bois à la recherche d'un petit gibier.

— Est-ce que tu vas bien, Tail?

— Oui, pourquoi?

— Bien… Tu n'as pas l'air de bien aller. Tu ne parles pas beaucoup… Et tu ne cesses de regarder Curpy. (…) Ouache!

— Est-ce que ça va? lui demanda Tail.

— Oui… C'est qu'on ne voit pratiquement plus rien et j'ai marché sur je ne sais trop quoi qui m'a fait virer le pied.

— OK.

— Alors, toi, à quoi penses-tu à regarder Curpy ainsi? lui demanda-t-elle, ayant peine à avancer.

Tail examinait Curpy. Il était vrai qu'il le regardait sans cesse. La raison en était qu'il cherchait une réponse et se demandait si ce dernier la possédait.

— Tail!

— Pardon, Cat… lui répondit Tail avec un petit sourire.

— Je te parlais.

— Oui, je sais, mais c'est que je sens que quelque chose est vraiment arrivé à Extarnabie. Plus nous avançons, plus j'en ai la certitude. Je ne sais pas pourquoi, mais je le sais.

Cat s'arrêta et posa une main sur l'épaule de Tail. À son contact, ce dernier s'immobilisa.

— Regarde-moi, Tail. Nous savons que tu es l'Élu, donc il est normal que tu puisses ressentir ces choses.

Tail la regarda. Elle était une personne importante dans sa vie. Une vraie amie, même s'il y avait des journées où il avait espéré plus. Mais pour sa part, Cat ne lui avait pas vraiment démontré de sentiments. Il se remémora le soir du bal et revit Cat dans sa splendide robe avec sa jolie coiffure.

— Voyons, Tail… Reviens!!!

— Désolé, Cat.

— Mais arrête de toujours dire « désolé »…

— Désolé. Oups! Je réfléchissais à ce que tu m'as dit… Que j'étais l'Élu. Et j'aimerais tellement avoir certains pouvoirs…

— Comme…

— Bien... j'aimerais pouvoir me fermer les yeux et me transporter à Jothanisia.

— Alors, il est vraiment arrivé quelque chose à Extarnabie si cela te hante à ce point.

À ce moment, ils entendirent Alexandra crier au meurtre au loin.

— Mon Dieu!

Tail et Cat partirent à la course en direction de leurs amis. Sur le chemin, une vision de ce qui venait de se passer apparut dans l'esprit de Tail. Le tout ressemblait à un film qui se déroulait dans sa tête. Il pouvait voir d'énormes *choses* de couleur violette avec de gros crocs jaunis qui sortaient de leur gueule. Il pouvait même distinguer leurs six pattes et les énormes griffes que chacune avait à son extrémité. Deux d'entre eux avaient entouré Alexandra et Vic, et d'un coup de patte, les avaient agrippés avant de déployer leurs ailes et de s'envoler en les soulevant de terre. Il les vit partir en direction du nord.

Quand ils arrivèrent sur les lieux, l'herbe était tout aplatie, comme si des milliers de gens étaient passés par là.

— Alexandra! Vic! s'écria Cat.

— Ils ne sont plus ici, Cat. Rien ne sert de les appeler.

— Que veux-tu dire?

— J'ai vu ces *choses* les enlever.

— Mais quelles *choses*, Tail?

— Je ne peux pas te dire exactement ce qu'elles étaient, mais ce que j'ai vu était gros et violet… avec six pattes munies d'énormes griffes.

— Ce qu'*elles* étaient…? Gros et violet…?

Cat tenta de s'imaginer cette *chose*, mais l'idée qu'elle s'en fit ne correspondait évidemment pas à ce que Tail avait vu. Son esprit l'avait déformée de façon démesurée par rapport à la vision de Tail.

— Je ne sais pas si c'est *elle* ou *lui*, Cat.

— Je ne vois pas ce que cela pourrait être, Tail… Mais qu'allons-nous faire? Ils les ont peut-être mangés. Nous ne savons même pas où nous sommes, en plus… finit-elle par se dire en regardant partout.

Il lui était impossible d'identifier un point de repère. Cat n'était jamais passée par là de sa vie.

— Non, Cat, ils ne les ont pas mangés. Ils les ont emmenés à Jothanisia. Laisse-moi réfléchir…

— Comment peux-tu en être certain? Il y a à peine quelques minutes, tu ne comprenais même pas que tu étais l'Élu! s'écria Cat.

Tail regarda Cat. Elle avait dit juste.

68

— Tu n'as pas une potion qui pourrait nous transporter dans ton sac? lui demanda Cat.

— Non. J'ai bien préparé quelques potions, oui, mais je n'en connais pas encore une qui pourrait nous transporter ainsi, lui répondit Tail en regardant dans son sac.

« Où sont ces maudits chevaux aussi? » se demanda-t-il en tournant en rond. « Réfléchis, réfléchis! »

— C'est ce que je n'arrête pas de faire depuis que nous sommes partis! dit-il cette fois à voix haute.

Cat constata que Tail craignait réellement de ne pas trouver de solution. Si lui ne pouvait en trouver une, qui en trouverait une?

— Chose certaine, nous devons avancer, lui dit Tail.

— D'accord, lui répondit simplement Cat.

Et ils reprirent leur chemin en direction de Jothanisia. Le temps filait et Tail ne parvenait pas à avoir une idée de génie pour s'y rendre en un instant.

— Je ne vois plus rien, Tail! Il fait trop noir. Es-tu certain de vouloir poursuivre?

— Je ne pourrais m'endormir. Chaque fois que nous

quittons Harpie, c'est toujours la même chose…
Quelqu'un disparaît.

— Je sais.

— Je me demande si un jour, tout cela cessera.

— Je ne crois pas, car tu sais, il y aura toujours
quelqu'un qui veut s'approprier les territoires de
l'autre. Mais peut-être qu'il y a un dieu des Vents
par ici et qui sait, peut-être qu'il pourra nous
transporter là-bas. Tu ne crois pas…

— Je ne crois pas qu'il existe plusieurs dieux des
Vents, mais seulement un. Malheureusement, il
est confiné comme un enfant, alors…

Tail laissa sa phrase en suspens. Une idée venait
de lui traverser l'esprit.

— Oui!

— Quoi?

— Joanya!

— Comment, Joanya?

— Elle m'a dit qu'elle serait toujours là pour moi.
Tu te rappelles? Alors je vais lui demander les
dragons volants. Ainsi, nous serons à Jothanisia
en un rien de temps.

— Oui, bonne idée!

Le sourire de Cat s'estompa en quelques secondes. Elle regarda Tail droit dans les yeux.

— Et comment feras-tu pour lui deman...

Cat n'avait même pas terminé sa phrase que Tail avait les yeux fermés, la tête vers le ciel et, dans son for intérieur, appelait Joanya.

« Joanya! Joanya, j'ai besoin de toi! »

Aucune réponse. Tail savait bien qu'elle ne ferait pas son apparition après une seule demande. Il était certainement l'Élu, mais ne faisait pas de miracles. Dans un calme absolu et avec tout son cœur, il reprit :

« Joanya, j'ai besoin de toi! »

Il y eut un moment de silence et il reprit encore :

« Je me rappelle, Joanya... Tu m'as dit que tu serais toujours près de moi. J'ai grandement besoin de toi aujourd'hui. »

Sur ce, Tail ouvrit les yeux et regarda vers le ciel. Cat, qui n'avait pas bougé d'un poil, était là à ses côtés sans dire un mot, retenant sa respiration. Elle savait très bien qu'il ne l'entendrait pas, mais elle retenait tout de même sa respiration. Elle le regarda.

Il avait bien les yeux ouverts, mais quelque chose lui disait que son esprit n'y était pas.

Une immense lumière se forma devant lui, que lui seul pouvait distinguer. Cela prit à peine quelques secondes pour que Tail distingue Joanya. Avec un immense sourire, elle s'adressa à lui :

— Bonjour, Tail!

— Joanya… Je suis tellement heureux de te voir.

— Si tu savais à quel point je suis heureuse de te voir aussi! Tu as une demande à me faire, Tail?

— Oui. Je suis désolé de te déranger, mais j'ai vraiment besoin de ton aide.

— Explique-moi.

— Voilà. Vic et Alexandra ont été enlevés par des *choses* bizarres et je sais que ceux qui les ont enlevés les ont transportés à Jothanisia. Je ne sais pas pourquoi, mais je sais qu'ils sont tous les deux là-bas avec Extarnabie.

— Je ne sais pas si un jour tu cesseras de toujours dire « désolé », Tail. Tu sais que malheureusement, je ne peux t'accompagner ou t'aider à combattre cette *chose*, et cela, même si de tout mon cœur, j'aimerais aller les chercher. Je ne pourrais pas.

— Je comprends, mais tu peux m'aider d'une autre façon.

— Vraiment? Explique-moi.

— Voilà. Ce dont j'aurais besoin, en somme, c'est de quelque chose qui pourrait nous transporter là-bas. Tu sais… quelque chose comme deux gros animaux poilus du nom de Carnastare et Chaby, par exemple… Ils feraient vraiment l'affaire…

Joanya regarda Tail avec un sourire. Elle venait de saisir sa demande.

— Alors, oui, je peux t'aider.

Tail vit Joanya se retourner et émettre un sifflement comme elle l'avait fait auparavant, et quelques minutes plus tard on vit, au loin, un immense dragon de couleur beige qui venait en sa direction. Tail reconnut Carnastare.

Lorsque Cat vit apparaître Chaby, elle comprit que Tail avait réussi à prendre contact avec Joanya.

— Chaby! s'écria-t-elle.

Il était évident que ce dernier était fort heureux de la voir. Cat lui fit d'énormes câlins en lui demandant comment il se portait.

Tail remercia Joanya.

— Je te promets de leur faire très attention. Et je t'en remercie…

— Tail, je ne doute pas un instant que tu prendras
   soin d'eux, mais fais attention à toi… Et em-
   brasse Cat pour moi.

À ces mots, elle disparut.

« Déjà ? Mais… je n'ai même pas terminé. Et je
ne peux embrasser Cat pour toi, elle me flanquera
une fessée… »

Tail savait qu'il ne pouvait faire la demande
qu'elle revienne. Il savait maintenant qu'il pouvait
voir les gens qu'il aimait, mais qu'il ne pouvait faire
la demande qu'ils restent. Le moment venu, ces derniers devaient le quitter. Cat sentit un petit vent l'ef-
fleurer et se retourna. Elle comprit que Joanya venait
de les quitter. Même si elle ne la voyait pas, Cat lui
fit un sourire.

— À bientôt… lui chuchota-t-elle.

Tail se serra contre Carnastare. « Qui n'aimerait
pas cajoler un immense dragon comme lui, avec son
poil doux comme une peluche… »

— Je suis tellement heureux de te voir, mon ami. Je
   croyais que tu étais…

Tail ne termina pas sa phrase, car il avait cru que
lui aussi était disparu à tout jamais, comme Joanya.
Carnastare lui fit un énorme sourire et avec sa grosse
voix lui répondit :

— Je suis tellement heureux de te revoir! Tu sais, Tail, les dragons de notre espèce, nous avons plusieurs vies, donc je ne suis pas près de disparaître.

— Tu sais que j'ai demandé à Joanya si vous pouviez nous aider… Crois-tu, Carnastare, que tu pourras nous transporter jusqu'à Jothanisia?

— Oui, Tail. Cela me fera plaisir. Mais la nuit est beaucoup trop avancée… Nous allons devoir attendre à demain.

— Oui, je comprends.

Tour à tour, Tail et Cat s'endormirent près de leur dragon. Après une nuit mouvementée, peuplée de rêves insolites, Tail s'éveilla, suivi de Cat. Heureux de voir leurs deux amis toujours à leurs côtés, ils discutèrent avec eux de la possibilité d'une attaque à Jothanisia à leur arrivée. Après quelques instants, Tail et Cat s'installèrent sur leur dragon respectif et en un tour de main, ils se retrouvèrent dans le ciel en direction de Jothanisia.

— Comme c'est beau vu d'en haut! À voir cette étendue de montagnes, Tail était abasourdi.

— Oui! lui répondit Cat.

Mais rapidement, ces derniers changèrent d'avis à la vue du château.

— Regarde, Cat ! C'est le château… lui dit Tail en le pointant au loin.

— Oui, je vois… Mais regarde comme le ciel est sombre au-dessus…

— Oui, cela confirme ce que je pensais.

— Que veux-tu dire ?

— Je sais qu'ils sont tous en danger.

— Que veux-tu dire par « tous » ?

— Attends…

« Si j'ai eu cette vision de leur enlèvement, alors je peux avoir une vision de ce château ! Allez, Tail, concentre-toi ! Aie confiance en toi. »

Tail n'arrivait pas à croire ce qu'il voyait. Tous les gens étaient enchaînés les uns aux autres, mais rien ne laissait croire qu'ils étaient dans le château. Tout semblait si sombre à l'endroit où ils se trouvaient tous…

— Mais ! Mais…

— Pourquoi dis-tu « mais » ? lui demanda Cat.

Comme si Tail ne l'entendait pas, il ne lui répondit pas.

— Tail ! Pourquoi dis-tu « mais » ? lui redemanda Cat, inquiète de la tonalité de sa voix au moment où il avait prononcé ce mot.

— Ils sont tous enchaînés ! Ils sont esclaves, mais je

ne comprends pas… ou plutôt, je ne vois pas ce qu'ils construisent.

— Tu les vois ? Tu les vois ?

Mais une fois de plus, Tail ne lui répondit pas. Cat regarda Chaby.

— Toi, est-ce que tu sais ce qui peut bien se passer là-bas ?

— Non, Cat. Je n'ai pas ce genre de pouvoir, moi.

— Dommage, car tu aurais pu me répondre, toi, au moins...

Tail, qui était maintenant en transe, n'entendait plus Cat qui lui redemandait sans cesse ce qui se passait. C'était comme si son âme était sortie de son corps afin de se rendre au château. Et il les vit tous. Vic, Alexandra et Extarnabie étaient là parmi ces gens qui étaient enchaînés. Tous étaient en sueur et leur corps était recouvert de saleté. Cela démontrait qu'ils étaient là depuis longtemps. Mais où étaient-ils ? Cela ressemblait à un énorme souterrain. Tail se remémora Calsalme. Non, cela avait l'air beaucoup plus pénible. Impossible que ce soit lui à nouveau. Non. Quelque chose lui disait que ce n'était pas lui. Mais que pouvaient-ils bien construire ?

— Il faut descendre et ne pas se faire voir, finit par dire Tail.

Ayant entendu Tail, doucement, Carnastare et Chaby redescendirent sur terre. Cat bondit immédiatement sur le sol.

— Allez, Tail. On y va!

— Non, Cat. Nous ne pouvons nous rendre au château comme cela. Il y a quelque chose là-dedans et nous allons aller les rejoindre si nous ne faisons pas atten…

*T*AIL N'EUT PAS LE TEMPS DE TERMINER qu'un énorme filet leur tomba dessus et tous furent immédiatement pris au piège. Ils tentèrent de se tirer de cet énorme filet, mais plus ils bougeaient et plus le filet se refermait sur eux. Ils virent apparaître tout autour ces *choses* que Tail avait perçues lors de l'enlèvement de ses amis.

D'étranges sons sortaient de leur gueule. Cela ne ressemblait à aucun langage compréhensible, mais eux, avaient pourtant l'air de se comprendre. Deux d'entre eux s'approchèrent de Chaby et Carnastare et leur donnèrent des coups de lance, comme s'ils voulaient s'assurer qu'ils étaient réellement en vie. À voir leur stupéfaction, il était évident qu'ils n'avaient jamais vu des dragons de leur genre. À chacun des coups donnés, ils émettaient une sorte de cri. Impossible de dire ce qu'il signifiait. Étaient-ce des cris de victoire ou bien des cris de stupéfaction ? Impossible de le savoir.

Un cri encore plus étrange se fit entendre, mais celui-ci n'avait rien à voir avec les autres. Il était beaucoup plus fort que les cris déjà émis par ces monstres et tous reculèrent de quelques pas. Il était évident que quelque chose d'énorme s'approchait.

— Je suis désolé, Carnastare, de…

— Tail, ne sois pas inquiet. Nous allons nous sortir d'ici, lui répondit Carnastare pour le rassurer.

Mais Carnastare savait très bien qu'il ne parviendrait pas à se sortir de ce fichu filet.

Puis la *chose* apparut. Contrairement aux autres, il était beaucoup plus gros et son énorme corps était d'un vert affreux. Pour le reste, il était identique aux autres. Voyant les autres se soumettre devant lui, ils comprirent qu'il devait être leur maître.

Doucement, la *chose* s'approcha des quatre visiteurs, mais cette fois-ci, ce ne sont pas les dragons qui attirèrent son attention, mais plutôt Cat. En regardant Cat, il émettait des bruits bizarres et balançait la tête d'un côté et de l'autre afin de mieux l'examiner. Cat s'aperçut que son regard s'attardait sur elle et se sentit prise au piège. Elle était assise sur le sol et devait s'en éloigner le plus rapidement possible en se poussant avec ses pieds. Elle s'en éloigna le plus qu'elle put et alla se blottir contre Chaby.

— Qu'est-ce qu'il a à me regarder comme ça? demanda-t-elle, morte de trouille.

Cette *chose* était si effrayante à regarder que Cat avait peine à s'imaginer que cela puisse la toucher ou pire, la manger. Chaby aurait aimé pouvoir lever une de ses pattes et lui flanquer une de ces claques… mais le filet l'en empêchait. Il n'y avait rien à faire. Ils étaient tous coincés. La *chose* s'approcha davantage de Cat, ne cessant de la dévisager, puis d'un coup, lança un énorme cri et disparut. À peine eut-il disparu qu'un énorme cercle se forma autour d'eux. Ils sentirent le sol bouger. Puis on les transporta.

— Tail, fais quelque chose! le supplia Cat.

Tail regarda de tous les côtés, cherchant une issue.

— Tu n'as pas de potion pour disparaître? lui demanda-t-elle.

— Oui, mais même si nous étions invisibles, nous ne pourrions sortir de ce filet, Cat. Cette potion ne nous permet pas de passer au travers du filet…

Cat se souvint alors que lorsque les habitants du château avaient été faits prisonniers par Calsalme, c'était Curpy qui avait ouvert la porte du cachot.

— Mais avec nos épées, on pourrait parvenir à briser ce filet!

Canastare lâcha un énorme cri de douleur. Un de ces monstres venait de lui enfoncer une lance dans la patte arrière.

— Tu me le paieras! lui dit-il avec une énorme voix avant de laisser s'échapper un énorme rugissement.

Comme si le monstre avait compris l'intention de Carnastare, il lui enfonça de nouveau une lance. Ce dernier frappa sur son torse afin de lui faire comprendre qu'il était le plus fort des deux et les cris qui sortaient de sa gueule démontraient qu'il était heureux de le faire souffrir. Cette fois, Carnastare n'émit aucun rugissement, car il savait que blessé, il ne serait d'aucune utilité.

Triste, Tail regarda Carnastare.

— C'est ma faute… Si je n'avais pas demandé à Joanya, jamais tu ne serais venu ici.

Tail pouvait constater la douleur qu'il ressentait. Carnastare ne voulait pas répondre à Tail, car il ne voulait pas que ce monstre puisse croire une fois de plus qu'il lui avait adressé la parole.

— Tail, nous sommes pris au piège. Qu'allons-nous faire? demanda Cat à nouveau.

Tail avait déjà sa petite idée en tête depuis quelques instants.

— Laissons-les nous transporter jusqu'au château. De cette façon, nous n'aurons plus à chercher comment faire pour y pénétrer et une fois à l'intérieur, nous allons prendre chacun une gorgée de la potion. Ainsi, nous pourrons filer en douce.

— Oui! répondit Cat, heureuse que Tail ait un plan.

L'idée de Tail ne fut que de courte durée. Quand ils furent arrivés au château, une fois de plus, les monstres s'arrêtèrent tous et d'un mouvement brusque, se placèrent de façon à ce que ces derniers comprennent que quelque chose venait à leur rencontre. Une *chose* pour laquelle ils devaient avoir un grand respect, juste à voir la façon dont ils s'étaient tous placés. Ils restaient là, au garde-à-vous, à attendre le maître. Seules leurs respirations se faisaient entendre.

Tail regarda autour de lui. Tout était si sombre à l'intérieur… Rien à voir avec le château de Harpie. Oui, il y avait des chandeliers disposés un peu partout, mais ils n'éclairaient pas vraiment le hall où ils se trouvaient. Il était d'ailleurs évident que quelque chose s'était passé là. Aucune présence de la garde royale et aucune présence du jeune roi. Rien. De plus, il y avait cet immense écho qui se faisait entendre à chaque pas qui laissait croire qu'il n'y avait pratiquement personne à l'intérieur. La décoration, pour sa part, laissait croire que plusieurs familles avaient vécu là. Sur les murs, on voyait des tableaux suspendus de génération en génération.

Tail les regarda minutieusement. Ils étaient tous très vieux à l'exception d'un seul. Il comprit que c'était celui du jeune roi Jonathan. Contrairement à l'image qu'il s'était faite de ce dernier, le jeune roi avait l'air très costaud pour son âge. Il avait une chevelure blonde mi-longue et les yeux bleu ciel.

*U*N BRUIT DE PAS QUI s'approchaient le fit sortir de ses pensées. Mais cela ne ressemblait guère au pas lourd de ces monstres. Cela ressemblait davantage à des pas d'être humain. Cette *chose* était de plus en plus près d'eux. Puis ils le virent apparaître.

— Oh non! s'exclama Cat à la vue de ce dernier.

— Quoi? demanda Tail.

— Regarde-le… Cet homme est un sorcier, non pas un de ces monstres…

— Et alors? demanda Tail.

— Un sorcier, Tail! Un sorcier peut faire de la magie…

Tail comprit que ce que voulait dire Cat, c'est qu'il serait plus difficile de s'en sortir avec un sorcier qu'avec ces monstres affreux.

Habillé d'une grande cape noire, il avait sur la tête une couronne et tenait à la main une sorte de canne sur laquelle une tête de mort trônait. Son visage était rempli de colère, cela était très facile à voir, mais il n'avait rien à voir avec celui de Calsalme, car contrairement à lui, cet homme avait un beau visage. Mais quelle pouvait être la raison de la colère qu'il avait affichée sur le visage? Il était certain qu'il n'était pas le roi Jonathan, car il devait avoir environ quarante-cinq ans. Arrivé près d'eux, l'homme se mit à les examiner, s'arrêta devant Cat et fixa son regard sur elle. Il la regarda de la même façon que le monstre l'avait regardée auparavant.

— Mais qui êtes-vous? leur demanda-t-il.

Aucun d'entre eux ne lui répondit. Alors il insista:

— Je vous ai posé une question. Il est dans votre intérêt de me répondre.

Tail prit la parole et présenta chacun d'eux.

— Et quelle est la raison de votre visite? demanda-t-il en examinant Cat à nouveau.

— Vous avez enlevé nos amis, fit Cat.

— Vos amis ? Mais ma chère, il n'y a personne ici,
lui dit-il en s'avançant vers elle et en lui indiquant que la pièce était vide.

— Cela ne veut pas dire qu'ils n'y sont pas ! Me
croyez-vous assez stupide pour vous croire ? lui
répondit Cat.

L'homme la regarda à nouveau, mais son regard
s'était adouci. Il la regardait comme s'il était fasciné
par elle. Mais que pouvaient bien vouloir dire les
regards qu'il lui adressait ?

— Non, je sais que tu n'es pas stupide, mais peut-
être juste un peu naïve...

— Naïve ! Pour qui vous prenez-vous ? Où avez-
vous mis nos amis ? Et pourquoi me regardez-
vous ainsi ?

— Oui, naïve, car tu es venue à moi sans j'aie eu à
faire le moindre effort...

— Venue à vous ? répéta Cat.

Mais ce dernier ne répondit pas. Il ordonna plutôt
qu'on les enchaîne, après quoi il demanda à ce qu'on
retire le filet. Du coup, ils étaient tous enchaînés les
uns aux autres, à l'exception de Cat, qui était elle
aussi enchaînée, mais n'était attachée à personne.

— Bien, voilà une chose de faite ! Prenez son sac et

prenez leurs armes, demanda l'homme en indiquant Tail.

— Désolé, petit… mais il faudra faire très attention à l'avenir lorsque tu dévoileras tes intentions. Ces *choses*, comme tu les appelles, comprennent notre langage. Et d'ailleurs, ils portent aussi un nom. Ce sont des martroyes. À ce moment, Tail se rappela que Cat et lui avaient parlé de prendre la potion pour devenir invisibles lorsqu'ils étaient dans le filet.

L'homme ouvrit le sac dans lequel Curpy se trouvait et y inséra sa main. Mais à peine eut-il le temps de l'y introduire qu'il l'avait déjà ressortie.

— Ouch! Mais qu'est-ce que c'est que ça?

— Bien bon! lui lança Cat avec un énorme sourire.

Il la regarda sans dire un mot, prit ses deux mains et écarta à nouveau l'ouverture. Curpy sortit à toute allure et disparut.

— Bravo! fit Tail en regardant Curpy disparaître.

Il savait bien que Curpy ne les avait pas abandonnés.

L'homme ne s'arrêta pas à cela. Cette petite chose poilue était le moindre de ses soucis. Ce qui l'intéressait était plutôt le contenu du sac.

— Hum! Intéressant… Alors, tu fabriques des potions?

— Intéressant! Très intéressant… disait-il en regardant le contenu du sac. Emmenez-les, maintenant!

Les martroyes se séparèrent. Tail partit d'un côté, accompagné de Chaby et Carnastare, tandis que Cat fut emmenée dans une autre direction. Tail regarda Cat. À son regard, elle comprit qu'il était désolé de ne pouvoir l'aider.

— Lâche-moi, espèce d'idiot! Lâche-moi! hurlait Cat en se débattant.

De son côté, Tail ne résista pas. Il se laissa emmener enchaîné sans se débattre. Tout ce qu'il espérait était qu'ils ne fassent aucun mal à Cat… et peut-être aussi qu'ils le conduisent à ses amis.

Cat fut la première à disparaître. Ils avaient pris un couloir qui se trouvait près de l'entrée. Peu de temps après, un énorme bruit se fit entendre, celui d'une porte qui se referma, et plus un son ne leur parvint.

Ils traversèrent pratiquement tout le château. Tail examinait tous les passages afin de se rappeler le moindre détail possible. Des chandelles allumées éclairaient les couloirs. Mais Chaby et Carnastare prenaient le couloir au complet, et voilà, l'inévitable se produisit. Carnastare resta coincé dans un des couloirs. Après avoir passé une vingtaine de minutes à tirer sur les chaînes pour le dégager, ils décidèrent de poursuivre leur chemin à l'extérieur. Ils traversèrent ainsi la cour du château et arrivés au bout, ils virent un autre martroye qui était posté devant une énorme porte de bois. Après quelques échanges entre eux, le garde ouvrit la porte. Une énorme porte maintenant un gigantesque escalier se dressait devant eux. Cet escalier était tellement gigantesque que deux dragons de la corpulence de Chaby et Carnastare auraient pu y descendre sans le moindre problème. Tail, Carnastare et Chaby étaient là, sans bouger, à regarder cet immense escalier lorsqu'un des martroyes donna un coup de fouet pour leur rappeler d'avancer, mais cette fois, ce fut Tail qui le reçut. Le coup fut tellement violent qu'il fit face au sol. À entendre les hurlements de ces monstres, Tail comprit qu'ils lui demandaient de se relever. Mais la douleur était tellement atroce qu'il n'y arrivait pas. Croyant que Tail ne voulait pas se relever, le martroye le frappa à nouveau.

« Cette fois, c'en est trop », pensa Carnastare. Il se retourna et lui donna un de ces coups de fouet avec son énorme queue… si fort que ce dernier fit un vol plané à des mètres d'eux. Puis il lui dit :

— Alors, tu comprends notre langage à ce qu'il paraît ? Alors, dis-moi si cela te fait du bien… Que fais-tu au sol ? Relève-toi, maintenant !

Alors le martroye comprit que ce que Carnastare venait de lui infliger était exactement ce qu'il avait fait subir à Tail. Carnastare vit dans son regard qu'il se vengerait de ce qu'il venait de lui faire. Mais aucun des autres martroyes ne riposta, ce qui surprit d'ailleurs Carnastare, car ce dernier s'attendait à ce qu'ils réagissent. Le martroye était toujours au sol et aucun des autres ne ripostait, comme s'ils appréciaient ce que Carnastare venait de lui faire. Tail regarda Carnastare et d'un geste de la tête, le remercia.

Doucement, les uns après les autres, ils descendirent les escaliers, suivis de ce martroye qui avait peine à avancer. De grosses torches éclairaient la descente. Tail n'avait jamais vu des escaliers de cette ampleur. Les marches étaient faites de gros billots de bois et chacune d'elles était reliée, à ses extrémités, à un énorme câble. Il n'était pas évident de les descendre sans perdre l'équilibre.

Tail tenta de s'approcher le plus près possible du

bord de cet escalier afin de voir ce qui se trouvait plus bas. Des centaines, peut-être même des milliers d'hommes et de femmes s'y trouvaient. Il ne pouvait les compter, ils étaient beaucoup trop nombreux, et tous étaient enchaînés les uns aux autres. Tail chercha ses amis du regard, mais il ne vit personne. Doucement, afin de ne pas perdre l'équilibre, il se retourna vers Carnastare afin de savoir s'il avait vu lui aussi ce qu'il venait de voir. À la façon dont ce dernier le regarda, Tail comprit qu'il avait vu lui aussi, mais aussitôt, Carnastare lui fit signe d'avancer, car il ralentissait le pas.

D'ailleurs, il n'y avait pas que Carnastare qui avait remarqué que Tail ralentissait le pas en regardant plus bas. Des hurlements se firent entendre. Ils comprirent que les martroyes leur ordonnaient d'avancer, ce qu'ils firent, car ils ne tenaient pas vraiment à se faire fouetter gratuitement. Tail avançait le plus rapidement possible, mais ne pouvait s'empêcher de regarder de tous les côtés.

« Que font tous ces gens enchaînés ? »

Ils ne tardèrent pas à arriver au même niveau qu'eux. À la vue de Chaby et Carnastare, certains prisonniers s'arrêtèrent. On pouvait entendre les chuchotements, leurs questionnements sur les nouveaux venus, mais ce ne fut pas long que les martroyes les remirent au travail. Tail regarda tout autour et vit que les martroyes avaient tous un fouet, et il constata qu'à la moindre petite occasion, ils ne manquaient pas de s'en servir. Ces derniers les arrêtèrent. L'un d'eux s'approcha de Tail, retira l'anneau qui le reliait à Carnastare et les sépara ainsi.

— Carnastare! dit Tail en regardant son ami s'éloigner.

— Nous allons trouver un moyen, Tail! répondit Carnastare avant de disparaître avec une dizaine de martroyes.

Tail, pour sa part, se fit à nouveau enchaîner mais cette fois, à une file interminable. Il suivait le pas, mais ne pouvait s'empêcher de regarder derrière lui au cas où il verrait réapparaître Carnastare. Il était maintenant seul avec tous ces inconnus.

— Petit… dit en chuchotant la dame enchaînée devant lui.

Tail comprit qu'elle lui parlait, car la personne qui se trouvait devant elle était âgée d'environ cent vingt ans.

— Oui… lui répondit-il sur la même tonalité.

— Ne ralentis pas le pas, car ils ne sont pas commodes.

— Mais où allons-nous ?

La dame n'eut pas le temps de répondre qu'un martroye se pointa près d'eux en se frappant dans la main avec son fouet. Tail poursuivit son chemin sans émettre le moindre son. Il regarda au loin et vit un genre de tunnel dans lequel ils se dirigeaient tous.

Arrivé de l'autre côté du tunnel, Tail était stupéfait. Une ville souterraine s'y trouvait.

— Une ville… dit-il tout bas.

— Que dis-tu ? lui demanda la dame devant lui.

Toujours en chuchotant, Tail lui répondit :

— Ils fabriquent une ville ?

— Mais qu'est-ce que c'est que ce mot… *ville* ?

Là… Devant vous…

Tail comprit que la dame devant lui ne savait pas ce que signifiait le mot *ville*. « Tail, tu oublies que tu ne viens pas d'ici… » se dit-il en lui-même. Ces gens n'avaient jamais fait l'utilisation de ce mot. Tail préféra ne pas s'étendre sur le sujet afin de ne pas se faire prendre à discuter.

Un immense trou se trouvait à l'entrée. Ils devaient le contourner par un petit passage qui avait été conçu à cet effet, mais une cage était suspendue au centre du trou. Tous passaient le long de cet immense creux en faisant bien attention à ne pas y tomber.

Mais... il y a quelqu'un là-dedans!

Ces mots étaient sortis tout seuls de la bouche de Tail. Certaines personnes le dévisageaient. Ce n'était ni le moment ni le lieu pour recevoir des coups de fouet. Tail remarqua que tous ces gens baissaient la tête en passant devant la cage.

« Ce ne peut être que lui », songea-t-il.

Arrivé devant la cage, Tail aperçut la personne qui s'y trouvait, et oui, c'était bien lui, le jeune roi. Il avait vraiment l'air mal en point. Il demeurait assis dans cette cage qui était si minuscule que seule cette posture lui était permise.

« Mais pourquoi l'a-t-on enfermé dans cette cage au beau milieu de ce creux? » se demanda Tail.

Comme si le jeune roi avait compris qui il était, il regarda Tail d'un air le suppliant de venir le délivrer. Tail détourna son regard. Il ne pouvait le regarder plus longtemps, sachant qu'il ne pouvait rien y faire.

« Je suis désolé... »

Il continua à marcher sans ralentir le pas, ne pouvant s'arrêter de regarder cette immense ville souterraine, mais il entendit quelqu'un crier son nom, ce qui le fit sortir de ses pensées.

— Tail!

Vic était là… Mais où? Tail regarda de tous les côtés, mais ne le vit pas.

Tail! entendit-il à nouveau. (…) Ouch! Espèce de fou… Lâche-moi!

Tail regarda à nouveau dans toutes les directions à la recherche de son ami, mais rien. À nouveau, Vic cria son nom. Tail comprit alors que le son venait de plus haut. Il leva la tête et le vit, sur un muret de ciment, le visage en sueur. Il était évident qu'il travaillait à cette construction. Vic s'aperçut que Tail venait de le voir, mais ce dernier lui fit comprendre qu'il ne pouvait se rendre à lui puisqu'il était enchaîné. Pour Vic, cela n'était pas grave. Il savait maintenant que son ami était près de l'endroit où il se trouvait.

Tail continua d'avancer, mais tous s'arrêtèrent subitement. Ils étaient arrivés à leur destination première. Ils se retrouvèrent dans une grande salle qui ressemblait drôlement à la salle des chevaliers de Harpie.

« Mais! Mais c'est ce chevalier… Voyons, comment s'appelle-t-il déjà… Oui, Tardicar! »

Tail regarda ce chevalier qui enchaînait les nouveaux arrivants à leur nouvelle fonction. « Mais c'est un traître ! Combien y a-t-il de traîtres au juste à Harpie ? » se demanda-t-il.

Lorsqu'il arriva près de Tail, Tardicar le regarda avec un immense sourire.

— Tiens, tiens… Voyez qui est là…

Mais Tail ne lui répondit pas. Il était trop déçu de ce chevalier. « Comment peut-on prêter serment et ainsi être un traître ? » se demandait-il.

Comme Tail ne lui avait pas répondu, Tardicar reprit :

— Alors, le petit élu… aurais-tu oublié tes pouvoirs ?

Mais Tail ne répondit pas plus à cette dernière question.

Insulté, il reprit :

— Tu veux jouer à cela ? Alors viens ici…

Il agrippa Tail par le collet et l'attira avec une telle violence qu'il fut pratiquement jeté au sol.

— Allons… tu ne sais plus te tenir ? lui dit ce dernier, arborant toujours son immense sourire.

Mais une fois de plus, Tail ne lui répondit pas.

Tardicar le conduit près d'un trou et le poussa de

toutes ses forces. Tail tomba à genoux devant le trou, les mains toujours enchaînées.

— Tu vois ce trou ? Ceci est ta tombe… Mais comme tu n'y seras pas seul et que tous ces gens… lui dit-il en lui indiquant tous les gens enchaînés, t'accompagneront à ta destination finale, il faudra l'agrandir. Alors voici ce que tu feras, cher Élu… Tu creuseras ta tombe !

Il lui lança une pelle qui lui frappa la tête, mais Tail le regarda sans un mot.

— Creuse, maintenant !

Et ce dernier disparut.

Tail regarda tout autour afin de voir si, parmi les prisonniers qui s'y trouvaient, il pourrait repérer Extarnabie, mais il ne vit que des inconnus enchaînés les uns aux autres et quelques martroyes à droite et à gauche, rien de plus. Mais où pouvait bien être Extarnabie ?

Tail sentit un regard se poser sur lui. Il décida de commencer à creuser, mais ne put s'empêcher de penser : « Si seulement je pouvais parler à Vic… Peut-être qu'il sait où se trouvent Extarnabie et Alexandra. Qui pourrait me dire où se trouve Cat ? Que lui ont-ils fait… Et Carnastare… Et Chaby… » Les questions se bousculaient ainsi dans sa tête.

Tail avait ralenti malgré lui. Un martroye qui l'examinait remarqua qu'il avait ralenti la cadence et il alla voir Tardicar afin de l'en aviser. Tardicar s'approcha de Tail sans dire un mot et d'un coup de fouet, il le ramena à l'ordre. Le coup fut tellement violent qu'il en déchira ses vêtements.

— Ouch!

— Alors, tu sais toujours parler?

Tail le regarda droit dans les yeux. Comment pouvait-il prendre plaisir à le fouetter ainsi? « Il me le paiera! » se jura-t-il.

Il savait bien qu'il ne pouvait riposter, car Tardicar aurait eu un plaisir fou à le fouetter à nouveau. À ses yeux, Tail était le petit protégé sans défense de Marcuse. Il avait attendu ce moment avec impatience. Mais une voix appela Tardicar et il disparut.

Tail reprit le travail qu'il devait exécuter et cette fois, il se promit de ne plus ralentir la cadence. Il en avait assez de ces coups de fouet.

« Macmaster, je vous donne accès à mes pensées. Je ne sais pas quoi faire. Ils ont tous disparu cette fois! Je ne sais pas où ils sont. Vic est près de moi, mais je ne sais pas comment me libérer afin d'aller le rejoindre. Et en plus, je n'ai plus mes potions. »

Tail prit une pause et se remémora les moments

où il avait fait appel à Macmaster à Maléfie sans obtenir de réponse. Mais quelque chose lui disait que cette fois-ci, Macmaster parviendrait à l'entendre.

« Macmaster, m'entendez-vous? Je suis désolé. Je suis parti sans vous prévenir. J'ai fait à ma tête sans me préoccuper de ce qui pourrait arriver à mes amis et maintenant, ils sont tous prisonniers par ma faute. »

Mais il ne reçut aucune réponse de Macmaster.

CELA FAISAIT MAINTENANT des heures qu'il creusait ainsi. Il était exténué et surtout, assoiffé. Soudain, il sentit une présence derrière lui. Il se retourna immédiatement, mais personne n'y était. Il se retourna à nouveau et se remit au travail. Après quelques secondes, il sentit à nouveau une présence et se retourna. Mais encore une fois, il n'y avait personne.

« Macmaster, est-ce vous ? »

— Oui, Tail !

Tail sourit enfin. Cela avait fonctionné.

— Ne souris pas, Tail. Quelqu'un pourrait te voir. N'oublie pas qu'ils savent qui tu es.

« D'accord. Maintenant, dites-moi… que puis-je faire ? »

— Curpy viendra te rejoindre sous peu et il a en sa possession la potion qui te fera devenir invisible.

« Mais comment avez-vous fait pour la lui donner ? »

— Tail, je ne la lui ai pas remise… Curpy l'a prise avant de s'enfuir.

« Vraiment ? »

Tail n'avait jamais pensé à cette possibilité. D'ailleurs, qui aurait pu imaginer que ce petit furet aurait pu songer à s'enfuir avec la potion ? Mais il faut dire que Curpy n'était pas un furet normal…

« Quand le verrai-je ? Et qui est cet homme que j'ai rencontré dans le hall ? Avez-vous vu Tardicar ? »

— Doucement, Tail. Une chose à la fois. L'homme que tu as rencontré dans le hall est le fils illégitime du roi.

« Vous voulez dire comme le roi et Joanya ? »

— Oui, Tail, mais celui-ci n'a pas la même gentillesse que Joanya. Son intention est de tuer tous les gens ici présents.

« Mais où sont Cat, Alexandra et Extarnabie ? »

— Alexandra et Cat ne sont pas en danger pour le moment, car seules les jeunes filles doivent être épargnées afin d'assurer la reproduction.

« La reproduction ? »

— Oui, Tail. Il veut les garder afin qu'elles deviennent un jour ses femmes.

« Quoi ? »

— Tu as bien compris.

« Mais c'est dégueulasse ! »

— Oui, on peut le dire ainsi.

« Et Extarnabie ? »

— Il est enfermé. Cet homme tente de le convertir afin qu'il devienne son sage, mais comme il refuse, il le garde dans un cachot.

« Et le jeune roi ? »

— Il l'a placé ainsi afin que tous ses fidèles le voient mourir. Tail, j'ai une autre mauvaise nouvelle.

« Vraiment ? »

— Oui. Tail, tu comprendra que lorsque vous avez quitté Harpie avec Alexandra, Marcuse est parti à votre recherche.

« Oui, je me doutais bien qu'il nous poursuivrait. »

— Bien, il est ici lui aussi.

« Vous voulez dire qu'il est prisonnier ici lui aussi ? »

— Oui, Tail.

« Non, non, non… Mais qu'allons-nous faire ? »

— Que vas-tu faire, Tail? Tu es l'Élu, donc à toi revient cette mission.

« Facile à dire... »

Aucune réponse ne se fit entendre.

« Macmaster! Macmaster, vous m'entendez? »

*T*AIL N'EUT AUCUNE RÉPONSE. Macmaster avait disparu.

« Ne me laissez pas ainsi, voyons ! »

Mais Macmaster ne se fit plus entendre. Par contre, Tardicar, lui, se fit sentir.

— Je t'ai dit que tu devais creuser ce trou ! cria-t-il en le projetant sur le sol.

Tail, se relevant cette fois, décida de lui répondre :

— Que crois-tu que je fais… Que je danse ?

En prononçant ces derniers mots, Tail dépassa les limites de Tardicar.

— Tu te crois drôle, petit innocent ?

Tail le regarda à nouveau et lui répondit :

— Non, pourquoi?

Alors, c'en fut trop pour lui. Tardicar frappa Tail avec son fouet, et cette fois, il ne frappa pas qu'une seule fois, mais plusieurs. Lorsqu'il eut fini, Tail n'arrivait plus à se relever tant la douleur était grande. Tardicar lui demanda de se relever à plusieurs reprises, mais il ne bougeait plus. Il resta là à regarder Tail pendant un moment, mais voyant qu'il demeurait inerte, il décida de le laisser ainsi et partit.

— L'Élu, mon œil!

Tail était allongé sur le sol et avait peine à respirer, mais quelque chose le ramena à lui.

— Curpy…

Curpy avait réussi à le rejoindre.

Curpy…

Tail avait peine à prononcer son nom. Il pouvait sentir sous ses doigts le petit flacon, mais n'avait pas la force de le prendre.

— Curpy, je ne peux le prendre. Je ne suis pas capable.

Curpy prit le petit flacon, le plaça entre ses pattes arrière et avec ses pattes avant, réussit à retirer le bouchon et doucement en versa quelques gouttes dans la bouche de Tail… et voilà! Tail disparut.

— Merci! lui dit Tail, qui se releva sans aucune douleur.

« Mais qu'ai-je mis dans cette potion qui fait que je ne ressens plus rien? »

— Allez! À toi, maintenant…

Curpy en prit une petite goutte et pouf! lui aussi disparut.

— Bien. Maintenant, nous avons pas mal à faire. Allons retrouver Vic.

Un des martroyes vit que Tail n'y était plus. Il en avisa immédiatement Tardicar. Ce dernier arriva au pas de course, s'approcha du trou et crut le voir au fond.

— Bon débarras! Vous voyez votre Élu? Il est mort! cria-t-il.

Des chuchotements firent le tour. Tous chuchotèrent à leur voisin que l'Élu était décédé.

Tail partit à la recherche de Vic. Lorsqu'il arriva près de lui, Vic était en pleurs. Il avait entendu la nouvelle selon laquelle Tail était mort.

— Vic!

Vic, pris de panique, crut que Tail lui parlait de l'au-delà. Il leva la tête vers le ciel.

— Tail, pourquoi… dit-il en tentant de reprendre sa respiration.

— Vic!

Hum! Bizarre… On dirait que tu es près de moi…

Vic se mit à tourner sur lui-même.

— Chut! Vic… Oui, je suis près de toi…

— Pourquoi a-t-il fallu que tu meures?

*V*IC, JE NE SUIS PAS MORT. J'ai pris un peu de potion…

Vic eut un immense sourire.

— Est-ce qu'il t'en reste un peu?

Bien sûr! Ouvre ta bouche…

Tail lui en versa une petite goutte et Vic disparut à son tour. Vic n'arrêtait pas de parler, excité d'être disparu.

— Vic, nous sommes invisibles, mais on nous entend…

— Oups! J'avais oublié… Où allons-nous maintenant?

— Nous allons retrouver Extarnabie, les filles, Carnastare, Chaby et… Marcuse.

— Marcuse? Mais comment sais-tu qu'il est ici?

— Macmaster.

— Lui aussi est ici?

— Non, je lui ai parlé par télépathie.

— Mon Dieu! Marcuse va nous tuer…

— Je ne crois pas, Vic.

— Tu sais où il est?

— Oui. Je ne sais pas pourquoi, mais je sais exactement où me rendre.

— Bon, allons-y.

Ils partirent à la recherche de Marcuse. À peine quelques minutes plus tard, ils avaient réussi à passer près des martroyes sans se faire prendre et étaient parvenus au cachot. C'est alors que Tail aperçut Marcuse.

Tail, je ne peux pas… finit par dire Vic.

Vic ne pouvait prononcer le nom de Marcuse, car il avait trop peur de sa réaction.

— D'accord. Marcuse… prononça doucement Tail.

À sa grande surprise, Marcuse l'entendit immédiatement.

— Tail, c'est bien toi?

— Oui, Marcuse. Je suis désolé, Marcuse…

— Tail, je sais que vous n'y êtes pour rien. Je connais ma fille…

À ce moment, Vic prit la parole :

— Pour vrai… ? Tu ne vas pas me tuer ?

— Vic !

— Hum… oui… ?

— Vic, je ne vais pas te tuer, voyons !

— Allez, venez ! Je sais que vous avez pris de la potion. Vous en reste-t-il un peu pour moi ?

— Oui, oui ! s'empressa de répondre Vic.

— Alors, venez…

À sa demande, Tail et Vic s'approchèrent de Marcuse, lui remirent le petit flacon et voilà que Marcuse devint invisible à son tour.

— Bien. Allons chercher les filles.

— Et Extarnabie… Et le jeune roi… Et Carnastare, et Chaby…

— Mais qui sont ce Carnastare et ce Chaby ?

Vic expliqua comment ils avaient fait la connaissance de ces derniers et la façon dont ils avaient aidé Tail et Cat.

— Bien… vu leur grosseur, nous irons d'abord chercher le jeune roi et les filles, nous retrouverons ensuite Extarnabie, puis nous finirons par eux.

Ils partirent sur-le-champ en direction de cet immense trou.

— Comment allons-nous faire pour le sortir de là ? demanda Vic en regardant le jeune roi.

— Vic, nous sommes invisibles, donc il est facile de longer le câble et de le rejoindre.

— Longer le câble dans le vide ? Tu es malade ! rétorqua Vic.

— Je vais y aller ! répondit immédiatement Tail.

— D'accord. Moi, je vous ramène avec le câble, répondit Marcuse.

Tail se glissa le long du câble jusqu'au roi.

— N'ayez pas peur… Je suis invisible, mais ce n'est que temporaire. Je m'appelle Tail.

Le jeune roi lui sourit et lui dit :

— Je savais que tu viendrais. Extarnabie m'en avait informé.

— Vraiment ? Prenez ceci et Marcuse nous ramènera avec le câble.

D'accord.

Et voilà que lui aussi avait disparu.

Mais contrairement à ce qu'ils croyaient, ils ne passèrent pas inaperçus, car tous remarquèrent la disparition du jeune roi et le fils illégitime du roi en fut informé immédiatement.

— Amenez-moi les filles immédiatement! ordonna-t-il.

Mais Tail, Vic, Marcuse et le jeune roi ne se doutaient guère que ce dernier était au courant. Tous se dirigèrent vers le château.

Arrivés sur les lieux, ils virent que ce dernier avait installé Cat et Alexandra sur la galerie supérieure, où elles étaient attachées l'une à l'autre. Il avait saupoudré le plancher de farine. Il savait très bien que Tail possédait la potion pour disparaître. Ainsi, il les verrait arriver.

Dès l'instant où ils pénétrèrent dans le hall, l'homme s'écria :

— Vous croyez m'avoir dupé?

Tous s'arrêtèrent et virent Cat et Alexandra sur le point de se faire balancer par-dessus bord.

— Vous croyez que j'ai peur?

Tour à tour, on les vit réapparaître. L'effet de la potion s'était estompé.

— Mais vous avez tort! Je voulais voir mon propre frère mourir. Croyez-vous que je tiens à elles?

Mais avant qu'ils aient eu le temps de lui répondre, des martroyes poussèrent les filles par-dessus la rampe du quatrième étage en éclatant de rire.

Mais comment allaient-ils faire maintenant pour les sauver ?

Tous partirent en courant en direction des filles pour les rattraper lors de leur atterrissage. Mais dans son élan pour se propulser vers elles, sans que Tail puisse comprendre ni comment ni pourquoi cela était possible, son corps se souleva et dans une envolée, les rejoignit.

Tous étaient sans mot. Personne ne pouvait croire ce qui venait de se passer. Cet homme avait carrément poussé les filles par-dessus la rampe et Tail les avait rattrapées en s'envolant ainsi.

Tail redescendit au sol, emportant les filles avec lui. Insulté de ne pas avoir réussi, l'homme ordonna aux martroyes de les attraper immédiatement.

Comme ils n'avaient plus d'armes, Vic se demandait bien comment ils allaient réussir, cette fois. Tour à tour, des martroyes s'approchèrent d'eux et lentement, ils formèrent un cercle qui se referma sur eux. Alexandra, sous le choc, pleurait à chaudes larmes. Marcuse tentait de la réconforter, sachant très bien qu'ils étaient loin d'être sortis de cet endroit.

— Mais qu'allons-nous faire maintenant ? demanda Vic, affolé.

À ces mots, une immense lumière se répandit

dans le hall et les martroyes reculèrent de quelques pas. Dans cette lumière, on vit le Chevalier Blanc apparaître. Oui, il était là, tenant à la main l'épée de Tail.

Les martroyes étaient figés là, ne comprenant plus ce qui se passait. La moitié d'entre eux crurent qu'un dieu venait les chercher. À cette pensée, ils partirent à toute allure.

— Mais où allez-vous, bande d'idiots? s'écria l'homme.

Tail regarda le chevalier, sous le choc.

— Je crois que ceci t'appartient! lui dit-il.

Tail prit l'épée et lui répondit simplement « merci ». Avec cette épée, Tail avait à nouveau ce pouvoir de vaincre.

« Mais comment ai-je fait? » se demanda Tail en regardant l'homme au quatrième étage.

Oui, comment avait-il fait pour s'envoler ainsi? S'il prenait l'escalier maintenant pour le rejoindre, ce dernier serait disparu bien avant son arrivée.

— Allez, Tail, va le tuer! Tu as volé comme un oiseau il y a à peine quelques secondes. Recommence! Je t'ai vu le faire. Refais-le! s'écria Vic, qui ne comprenait toujours pas comment Tail avait réussi à voler.

Mais Tail n'eut pas plus de temps pour penser que des martroyes l'attaquèrent. Le jeune roi disparut. Vic, qui le vit s'éloigner, crut que ce dernier s'enfuyait et ne put s'empêcher de dire :

— Regardez-le ! Nous sommes venus pour le sauver et il s'enfuit…

Vic n'en revenait pas.

— J'ai mis ma vie en péril pour lui et voilà comment il me remercie… ajouta-t-il.

Mais à peine quelques instants plus tard, ils le virent réapparaître avec plusieurs épées et il en remit une à chacun d'eux.

— Et moi ? s'écria Alexandra, qui ne comprenait pas pourquoi elle n'en avait pas reçu.

MAIS PERSONNE N'EUT LE TEMPS
de lui répondre qu'une énorme bataille éclata. Des
heures passèrent. Tous étaient épuisés. Ils étaient
vraiment bien formés au combat, ces martroyes,
et rien ne pouvait les calmer. Ils étaient entraînés à
tuer. Mais peu à peu, ils les tuèrent jusqu'au dernier.
Ayant peine à se tenir debout, Vic regarda autour de
lui et se dit que cette fois, c'était bien fini.

— Mais où sont cet homme et ce chevalier pourri?
Je veux les tuer de mes propres mains! dit Cat.

— Ils sont partis en courant, répondit Vic.

Le jeune roi remercia Tail et ses amis, ajoutant
que jamais il ne pourrait assez les remercier pour ce
qu'ils avaient fait pour lui. Gêné par tous ces remerciements, Tail demanda:

— Mais où est Extarnabie?

— Suivez-moi. Je vous y conduis, répondit le roi.

Ils traversèrent à nouveau la ville souterraine et libérèrent les gens qui s'y trouvaient. Des remerciements à n'en plus finir leur parvinrent de tous ces gens.

Lorsqu'ils furent arrivés à l'endroit où le jeune roi les emmenait, ce dernier emprunta un escalier et descendit.

— Voilà. Il est enfermé ici…

À leur grande surprise, la porte n'était pas verrouillée. Marcuse ouvrit la porte et il vit que la pièce était vide.

— Mais tu t'es trompé… Il n'est pas ici! lui dit Tail.

— Je te jure qu'il était ici! répondit le jeune roi.

Tous firent le tour de la pièce. Il y avait bien des chaînes qui laissaient croire que quelqu'un y avait bien été tenu captif, mais il n'y avait plus personne.

« Non! Non! Non! » Tail venait de comprendre que cet homme avait toujours Extarnabie avec lui.

Mais qu'allons-nous faire? Et où a-t-il emmené Extarnabie? demanda Vic, réalisant que ce n'était pas terminé…